双葉文庫

はぐれ長屋の用心棒

# 銀簪の絆

鳥羽亮

目次

この作品は双葉文庫のために書き下ろされました。

# 銀簪《ぎんかんざし》の絆《きずな》

## はぐれ長屋の用心棒

# 第一章　姉《きよう》弟《だい》

## 一

深川佐賀町《さがちよう》、大川端──。

子《ね》ノ刻（午前零時）過ぎだった。十六夜《いざよい》の月が、皓々《こうこう》とかがやいていた。

風があった。大川の川面を渡ってきた風がヒュウ、ヒュウと鳴り、川岸の柳の枝を揺らしている。

川面が波立って月光を反射、淡い青磁色のひかりを散らしていた。日中はひとを乗せた猪牙舟《ちよきぶね》、屋根船、荷を積んだ茶船などが、盛んに行き交っているのだが、いまは船影もなく、荒涼とした川面が永代橋《えいたいばし》の先までつづいている。

大川端沿いの道に、黒い人影があった。──六人。川上にむかって疾走していく。

盗賊であろうか。いずれも、黒の装束に身をつつみ、黒布で頰っかむりしていた。六人のなかにふたり、腰に大小を帯び、たっつけ袴に草鞋《わらじ》履きの男がいた。武士かもしれない。

道沿いに軒を連ねる表店《おもてだな》は、どの店も表戸をしめていた。夜の帳《とばり》につつまれ、洩《も》れてくる灯《ひ》もなくひっそりと寝静まっている。

六人は、大川沿いの表店の軒下や岸辺に植えられた柳の樹陰をたどるように川上にむかった。

前方に仙台堀にかかる上《かみ》ノ橋が見えてきたところで、六人は大店の軒下に身を寄せた。深川でも名の知れた油問屋、黒田屋《くろだや》である。土蔵造りの二階建ての店の裏手には、白壁の土蔵もあった。

六人は大戸に身を寄せ、いっときなかの様子を窺《うかが》っていたが、

「安《やす》、やれ」

と、大柄な男が言った。

「へい」

安と呼ばれた小太りの男が、大戸の脇のくぐり戸の前に行き、戸の框《かまち》付近を

丹念に見てから、革の包みを懐から取り出した。何本かの鑿《のみ》がつつんである。

男は一本の鑿を手にすると、くぐり戸の框近くに鑿を突きたてて板の一部を剝《は》ぎとった。ベキッ、と音がしたが、風が戸をたたく音や柳の枝の揺れる音などに搔《か》き消されてしまった。

戸に片手が入るだけの隙間ができると、男は手をつっ込んだ。そして、なにやら手を動かしていたが、手を引き抜くと、

「あきやすぜ」

と、小声で言ってくぐり戸をあけた。

「よし、入るぞ」

大柄な男が言い、黒装束の男たちが、吸い込まれるように次々とくぐり戸からなかに入った。

店のなかは闇が深かった。くぐり戸から入ったかすかな明かりで、土間とそれにつづく板敷きの間の上がり框がかすかに識別できるだけである。

六人の黒装束は闇に溶け、双眸《そうぼう》だけが猛禽《もうきん》のようにうすくひかっている。

「火を入れろ」

大柄な男が小声で言った。

すると、くぐり戸の近くにいた男が、手にしていた丸い物を土間に置き、懐から布袋を取り出して石を打った。火打石である。

丸い物は龕灯《がんどう》だった。強盗提灯《がんどうちょうちん》とも呼ばれ、銅や木桶などで釣鐘形の外枠を作り、なかに蠟燭《ろうそく》を立てられるようにした物である。一方だけを照らすことのできる照明具で、現在の懐中電灯と思えばいい。

すぐに、火は点《つ》かなかった。暗がりのせいかもしれない。

「慌てることァねえ。……店の者は、白河夜船だ」

大柄な男が、嘲《あざけ》るような口調で言った。この男が、頭目らしい。

火が点いた。

龕灯のひかりが、店のなかを丸く照らし出した。

ひろい土間につづいて、板敷きの間があり、左手の奥が帳場になっていた。帳場格子があり、帳場机の後ろの板壁には大福帳、算用帳などがかかっている。

右手に奥へつづく廊下があった。廊下沿いに、何間か座敷があるようだった。

「奥だ」

大柄な男が言い、一味は龕灯を持った男を先頭に廊下にむかった。

六人の賊は、足音をしのばせて店の奥へむかっていく。

廊下沿いに障子がたててあった。奉公人たちの部屋らしい。なかから、夜具を動かすような音や鼾《いびき》などが、聞こえてきた。奉公人たちは、よく眠っているようだ。

廊下の突き当たりには、襖がたててあった。そこも座敷らしい。廊下は鉤《かぎ》の手になっていて、左手におれている。

「こっちで」

安と呼ばれた男は、廊下を左手におれた。店の間取りが、分かっているのかもしれない。

廊下はすぐ突き当たり、正面に堅牢そうな板戸があった。引き戸らしい。

「ここでさァ」

安と呼ばれた男は、板戸のそばに立つと、そっとあけた。

板戸の内側に、堅牢そうな漆喰《しっくい》の観音開きの戸があった。頑丈そうな錠前がついている。黒田屋の内蔵である。

「滝造《たきぞう》、おめえの出番だぜ」

大柄な男が脇にいる男に目をやって言った。

「へい」

滝造は痩身だった。黒布で頬っかむりしているので、顔ははっきり見えないが、顎がとがっていることは分かった。

滝造は、ふところから二本の細い鉄の棒を取りだした。先の尖《とが》ったのと、先の曲がったのと、二種類ある。

滝造は内蔵の前にかがむと、錠前を手にして二種類の棒を交互に入れて、手を動かしていたが、ガチャッ、と音がして、錠前がはずれた。

「あきやしたぜ」

滝造は後ろを振り返って言った。龕灯の明かりのなかで、滝造の目が、糸のように細くなった。笑ったようである。

「さすが、滝造だ。おめえの手にかかりゃァ、どんな錠前も赤子の手をひねるようなもんだな」

「それほどでもねえ……」

滝造は笑いを含んだ声で言うと、後ろに身を引いた。

他の男の手で、内蔵の扉があけられた。

龕灯の明かりがむけられ、内蔵のなかを丸く照らしだした。なかに、小簞笥《こだんす》、証文箱、帳簿類の入った木箱などが置かれていた。脇に千両箱がふたつ積んである。

「あるぜ、千両箱だけでいい」

大柄な男の指図で、男たちが千両箱をふたつ運び出した。

「引き上げるぜ」

大柄な男が言った。

六人の男は足音を忍ばせ、廊下を戸口の方へむかった。

先頭にいた大柄な男が、戸口につづく廊下の角まで来たとき、ふいに足をとめ、

「灯を隠せ」

と、龕灯を持った男に言った。廊下の先に、かすかに黒い人影が見えたのである。

すぐに、男は龕灯の前に黒布を垂らし、ひかりを遮った。それでも、足下近くをぼんやり照らしている。

「気付かれたのか」

武士のひとりが、声をひそめて訊《き》いた。

「いや、厠《かわや》にでも起きたようだ」

「どうする」

「寝付くまで、待つわけにはいかねえ」

「おれが、始末しよう」

もうひとりの武士が言い、大柄な男の脇に出てきた。

瘦身だった。頰っかむりした黒布の間から、底びかりしている双眸が見えた。猛禽のような目である。

「旦那に、頼みやしょう」

大柄な男は、すこし身を引いた。

瘦身の武士が前にたった。五間ほど間をおいて、他の男たちが足音を忍ばせてついていく。

すでに、廊下の先の人影は消えていた。廊下の左手から、かすかに水音がした。小便《ゆばり》らしい。店の奉公人が厠に入ったようだ。

瘦身の武士は抜刀した。刀を引っ提げたまま、足音を忍ばせて、音のする方に近付いていく。

水音はすぐにやみ、つづいて引き戸をあけるような音がした。

足音が廊下に近付いてくる。

瘦身の武士は、廊下の隅に立ちどまり、刀を低い八相に構えた。足音の主は、すぐ近くまで来ている。

ゴトゴト、と重い音がして左手の引き戸があき、黒い人影が出てきた。闇のなかに男の顔と首筋が、かすかに仄白《ほのじろ》く浮き上がったように見えた。若い男らしい。

すかさず、武士が一歩踏み込んだ。

と、若い男が武士の方に顔をむけ、硬直したようにつっ立った。武士の姿を目にしたのである。

ヒッ、と若い男が喉のつまったような悲鳴を上げ、反転して逃げようとした。

刹那《せつな》、武士の手にした刀が一閃《いっせん》した。

にぶい骨音がし、若い男の首が前にかしいだ瞬間、首根から音をたてて、黒ずんだ熱いものがはげしく噴出した。血飛沫《ちしぶき》である。

若い男は前によろめいたが、障子に肩先があたって足がとまった。バラバラと障子に血飛沫の当たる音がした。

男の体が揺れ、腰から沈むように転倒した。

武士は血刀をひっ下げたまま、倒れている男に目をやった。足下で、血の噴出する音がかすかに聞こえたが、男の姿は闇にとざされ、顔を見ることもできなかった。

「たあいもない……」

武士がつぶやくような声で言った。

そこへ、大柄な男が武士に身を寄せ、

「旦那、やりやしたね」

と、ささやくような声で言った。

「騒ぎだす者はいないようだ」

武士は、廊下に面した障子に目をやりながら言った。障子がたててある部屋にはだれもいないらしく、静寂につつまれている。

離れた部屋から夜具を動かす音や鼾が聞こえたが、他の物音はしなかった。ただ、廊下の物音で目を覚ました者がいるかもしれない。

「長居は無用だ」

もうひとりの武士が言った。

「いくぜ」

大柄な男が、他の男たちに声をかけた。

二

……そろそろ、起きるか。

華町源九郎《はなまちげんくろう》は、戸口の腰高障子に目をやってつぶやいた。黄ばんだ障子に朝陽が当たり、破れ目から眩《まばゆ》いひかりが射し込んでいる。だいぶ、陽が高いようだ。五ツ（午前八時）ごろになるのではあるまいか。

長屋は、いつもの朝の喧騒につつまれていた。女房の子供を叱る声、亭主のがなり声、赤子の泣き声、戸口の腰高障子をあけしめする音などが、絶え間なく聞こえてくる。

源九郎はすこし前に目を覚ましていたが、身を起こすのが億劫《おっくう》で、そのまま掻巻《かいまき》にくるまって寝ていたのだ。

「腹が減ったな。これから、めしを炊くのも面倒だし……」

源九郎は独り言をつぶやきながら、立ち上がった。

ひどい格好だった。寝間着の裾がひろがり、薄汚れたふんどしが覗いている。

源九郎は還暦にちかい老齢の上に、棟割り長屋で独り暮らしをしていた。ここ二日、髭をあたらないために無精髭が伸び、白髪混じりの髷《まげ》や鬢《びん》はくしゃくしゃだった。華町という名に反して、貧乏牢人そのものである。

……アアッ。

源九郎は両腕を突き上げて大欠伸《おおあくび》をすると、よれよれの寝間着を脱ぎ捨てた。あらわになった体は、貧弱ではなかった。胸が厚く、首が太かった。腰もどっしりと据わっている。武芸の修行で鍛えた体である。源九郎は老齢であったが、剣の遣い手だったのだ。

源九郎は十一歳のとき、鏡新明智流《きょうしんめいちりゅう》の桃井春蔵《もものいしゅんぞう》の士学館《しがくかん》に入門し、めきめきと腕を上げた。剣の天稟《てんぴん》もあったのだろう。それに、子供心に何とか剣で身を立てたいという気もあって、熱心に稽古にとりくんだのである。

だが、二十代半ばに、父が病で倒れたために家督を継ぎ、士学館をやめざるを得なくなった。その後、幾星霜を経て、いまは長屋暮らしの隠居老人である。ただ、剣の腕はそれほど衰えていなかった。長屋暮らしを始めてから、剣を遣うこともあったからである。

源九郎は着古した小袖と袴に着替えると、乱れた髷を手でなおした。そして、手ぬぐいを肩にひっかけ、流し場にあった小桶を手にして家を出た。井戸端で、顔を洗ってこようと思ったのである。

家の外は、晩春の強い朝陽にかがやいていた。源九郎は目をこすりながら井戸へ足を運んだ。

井戸端に、菅井紋太夫《すがいもんだゆう》の姿があった。菅井も長屋で独り暮らしをしている牢人である。歳は五十がらみ、瘦身で総髪が肩まで伸びている。肉をえぐりとったように頰がこけ、顎がとがっていた。貧乏神でも思わせるような陰気な顔である。

「おお、華町、顔を洗いに来たのか」

菅井が顔を拭く手をとめて声をかけた。

「そうだ。……菅井は、これから広小路《ひろこうじ》に行くのだな」

源九郎が訊いた。

菅井は貧相で、貧乏牢人そのものの格好をしているが、田宮流《たみやりゅう》居合の遣い手だった。ふだん、両国広小路で居合抜きを観せて、口を糊《のり》している。武士ではあるが、大道芸人といってもいい。

「今日はいい陽気だからな。行かねばなるまいな」

菅井は無類の将棋好きで、雨や風の日は居合抜きの見世物には行かず、朝から源九郎の家にやってきて将棋を指していた。今朝は上天気なので、さすがに菅井も仕事をしに両国広小路に行く気になっているようだ。

「ところで、華町、お熊《くま》のことを知っているか」

菅井が源九郎に身を寄せて言った。

「お熊が、どうかしたか」

源九郎は釣瓶《つるべ》で汲んだ水を小桶に移しながら訊いた。

お熊は、源九郎の家の斜向《はす》かいに住む助造《すけぞう》という日傭《ひよう》取りの女房だった。すでに、四十過ぎだったが、子供はいなかった。でっぷり太った樽のような体付きの女で、肌が浅黒かった。その名のとおり熊のような大女だが、心根はやさしく面倒見もいいので隣人には好かれていた。

源九郎にも親切だった。男の独り暮らしを気遣って、多めに炊いためしや残り物の総菜などを持ってきてくれる。

「ここに来るときに家を覗いたら、男がいたぞ」

菅井が小声で言った。

「助造ではないのか」

「ちがうな。助造には見えなかったぞ」

「まさか、お熊が男を引っ張りこむなど……」

まったく考えられない、と源九郎は思ったが、声が出なかった。驚いて、声が喉につまったのである。

「男だが、あれは身内だな」

「なに、身内だと。すると、年寄りか」

お熊の親ではないか、と源九郎は思った。

「それが、若い男だ。……顔が、お熊とよく似ていてな、大柄で、浅黒い顔をしていたぞ。そうだな、熊というより、大狸だな」

そう言って、菅井が口許に薄笑いを浮かべて言った。目を細めて、口許をゆがめて笑いを浮かべた顔は般若《はんにゃ》のようである。

「弟だな」

源九郎は、お熊から、ひさしく会ってないが、弟がいる、と聞いた覚えがあった。ただ、名も忘れていたし、どこに住んでいるかも知らなかった。

「お熊に、弟がいたのか」

菅井が源九郎に顔をむけて訊いた。

「弟がいても、不思議はあるまい」

源九郎が顔を洗い終え、手ぬぐいを肩に引っ掛けて家にもどろうとすると、路地木戸の方から走り寄る足音が聞こえた。

茂次《しげじ》だった。着古した半纏《はんてん》に股引《ももひき》姿である。何かあったのか、慌てた様子で源九郎たちの方へ走ってくる。

茂次も長屋の住人で、研師《とぎし》だった。路地や長屋をまわり、包丁、鋏《はさみ》、剃刀《かみそり》などを研いだり、鋸《のこぎり》の目立てなどをして暮らしている。お梅《うめ》という女と所帯を持っているが、まだ子供はいなかった。

「だ、旦那、押し込みですぜ」

茂次が荒い息を吐きながら言った。

「押し込みか……」

源九郎は気のない返事をした。押し込みだろうと人殺しだろうと、かかわりはないのである。

菅井は茂次に顔をむけ、

「茂次、おまえ、仕事に出ていたのではないのか」

と、呆《あき》れたような顔をして訊いた。

「へい、佐賀町に行ったんですがね。黒田屋に押し込みが入《へえ》ったと聞いて、飛んで帰《けえ》ってきたんでさァ」

「黒田屋というと油問屋だな」

源九郎は、深川佐賀町に黒田屋という油問屋の大店があることを知っていた。

「へい、それが、聖天《しょうでん》一味の仕業らしいんでさァ」

「また、聖天一味か」

源九郎は、半月ほど前、日本橋小網町《こあみちょう》にある船問屋、岸野屋《きしのや》に、聖天一味と呼ばれる夜盗が押し入り、奉公人をひとり殺し、千三百両もの大金を奪ったと聞いていた。

賊が聖天一味と呼ばれるようになったのは、頭目が浅草聖天町の生まれで、弥《や》五郎《ごろう》と呼ばれる男と分かったからである。

賊が岸野屋に押し入ったとき、たまたま目を覚ました手代が夜具のなかにもぐり込んで、賊のやりとりを聞いた。そのとき、賊のひとりが「ショウデンの親分」と口にしたのを、手代が耳にしたのである。夜盗の頭目は、子分たちからショウデンの親分と呼ばれることがあるらしかった。

その後、町方はショウデンとは聖天町のことだろうと見当をつけ、聖天町を探った。そして、数年前、聖天町に身を隠していた弥五郎という盗人の手口が、岸野屋に入った一味の手口とそっくりだったことから、聖天一味とか弥五郎一味とか呼ばれるようになったのである。

「ところで、黒田屋に押し入った賊が、どうして聖天一味と知れたのだ」

源九郎が訊いた。

「手口が、岸野屋とそっくりらしいんでさァ」

「どうだ、華町、行ってみるか」

菅井が源九郎に顔をむけて訊いた。

「おまえ、広小路には行かないのか」

「仕事は後だ」

「おれは、朝めし前だぞ」

源九郎は腹が減っていた。

「いまは、水でも飲んでがまんしろ。帰りに、そばでも食えばいい」

「そうだな」

源九郎は、これからめしを炊くのも面倒だったので、菅井たちと行くことにした。

三

源九郎たちの住む長屋は、本所相生町《あいおいちょう》一丁目にあった。伝兵衛店《でんべえだな》という名があるが、界隈《かいわい》では、はぐれ長屋と呼ばれていた。食い詰め牢人、その日暮らしの日傭取り、大道芸人、その道から挫折した職人など、はぐれ者が多く住んでいたからである。源九郎、菅井、茂次の三人も、はぐれ者だった。

はぐれ長屋を出た源九郎たちは、竪川《たてかわ》にかかる一ツ目橋を渡り、大川沿いの道を川下にむかった。黒田屋は大川沿いにあったのだ。

御舟蔵の脇を通り、小名木川《おなぎがわ》にかかる万年橋を過ぎてしばらく行くと清住町《きよすみちょう》に入った。大川にかかる永代橋が前方に迫っている。

佐賀町に入って間もなく、茂次が、

「黒田屋の前に、人だかりができてやすぜ」

と、前方を指差して言った。

大川端の道沿いに土蔵造りの大店が見えた。黒田屋である。その店先に、人垣ができていた。通りすがりの野次馬や近所の住人たちが、集まっているらしい。岡っ引きや下っ引きらしい男の姿もあった。事件を聞いて駆け付けたのだろう。

源九郎たちは、人だかりの後ろにつくと、

「ちょいと、前をあけてくんな」

と茂次が声をかけ、強引に割り込んだ。

源九郎と菅井も、人垣の前に出た。そこは、黒田屋の戸口だった。大戸が半分ほどあけられていた。

戸口につづいてひろい土間があり、その先が板敷きの間になっていた。土間や板敷きの間に、何人もの岡っ引きや店の奉公人たちの姿があった。

八丁堀同心も来ていた。黒羽織の裾を帯に挟む巻羽織と呼ばれる八丁堀同心独特の格好をしているので、すぐにそれと知れる。

「村上《むらかみ》の旦那ですぜ」

茂次が小声で言った。

村上彦四郎《ひこしろう》は、南町奉行所の定廻り同心だった。やり手でとおっている。

源九郎は、村上と知り合いだった。これまで、源九郎がかかわった事件で、何度か顔を合わせただけでなく、協力して事件にあたったこともあったのだ。

源九郎や菅井たちは、頼まれて用心棒や岡っ引きまがいのことをすることがあった。商家の依頼で強請《ゆす》りにきたならず者を追い返したり、勾引《かどわか》された娘を助け出したりして礼金や用心棒代などをもらっていた。そのため、源九郎たちのことをはぐれ長屋の用心棒などと呼ぶ者もいた。

村上は帳場の前で、黒羽織姿の年配の男と何やら話していた。年配の男は身装《みなり》から見て、番頭らしかった。昨夜の賊のことを訊かれているのだろう。

「華町、殺された男は土間にいるらしいぞ」

菅井が、源九郎の耳元でささやいた。

見ると、土間に筵《むしろ》が敷かれ、その上に男がひとり横たわっていた。筵のまわりを、岡っ引きや店の奉公人などが取り囲んでいる。

筵の上の男は、仰向けになっていた。顔はまわりに立っている男の陰になって見えないが、首から胸にかけて、どす黒い血に染まっているのが分かった。

「死骸《ほとけ》だけ、拝ませてもらうか」

源九郎は男の傷は刀によるものだと思った。とすれば、盗賊のなかに武士がいることになるが――。

源九郎と菅井が死体のそばに近付くと、その場に集まっていた岡っ引きたちが、いっせいに目をむけた。どの男も、なんだ、このふたり、という顔をしている。

源九郎も菅井も、一見して貧乏牢人と分かる風体だった。それでも、男たちは源九郎と菅井が武士だったので、暴言は吐かなかった。

そのとき、板敷きの間にいた村上が、土間がざわついているのに気付いて目をむけた。

「なんだ、伝兵衛店の旦那方か」

村上が仏頂面《ぶっちょうづら》をして言った。

「せっかく来たのだ。死骸《ほとけ》の顔だけでも、見せてくれんか」

源九郎はそう言って、丁寧に頭を下げた。ここで、村上の機嫌をそこねたくなかったのである。いっしょに、菅井まで頭を下げている。

「邪魔をしねえように、見てくんな」

村上はそう言うと、また番頭らしい男と話し始めた。

筵のまわりにいた岡っ引きたちが、村上と源九郎のやり取りを聞いて身を引いた。村上の知り合いと思ったらしい。

……なかなかの太刀筋だ！

と、源九郎は思った。

筵に横たわっている男は、首を斬られていた。深い傷だった。頸骨《けいこつ》が傷口から白く覗いている。

「刀だな」

源九郎の脇にいた菅井が言った。

「それも、下手人は手練《てだれ》のようだ」

下手人は一太刀で、首を刎《は》ねて仕留めたのである。刀を袈裟《けさ》にふるったようだが、ほぼ水平に近い斬撃である。

「夜盗のなかに、武士がいたのか」

菅井が小声で言った。菅井の細い目が、ひかっている。ひとりの剣客として、下手人が剣の遣い手とみたからであろう。

「殺された、この男は？」

源九郎が近くにいた初老の男に聞いた。名は知らなかったが、顔は見たことがあった。深川を縄張りにしている岡っ引きかもしれない。

「手代の助次郎《すけじろう》でさァ」

男が、しゃがれ声で言った。

「ここで、斬られたのではないな」

源九郎は、首を刎ねられれば、もっと大量の血が飛び散るはずだと思った。

「昨夜、厠に起きたところを、押し込みに殺《や》られたようでさァ」

男によると、助次郎は廊下に倒れていたが、奥への行き来に邪魔になるので、ここへ運んできたという。

「賊を見た者はいるのか」

源九郎が訊いた。

「さァ、あっしには分からねえ」

男は迷惑そうな顔をして、すこし後じさった。これ以上、おめえさんとは話したくねえ、とでも言いたげな顔をしている。

源九郎も身を引いて店内に目をやり、

「菅井、帰ろう」

と、小声で言った。

「もう帰るのか。来たばかりではないか」

菅井が不審そうな顔をした。

「町方のような顔をして、ここで聞き込みでもするつもりか。おれたちは、事件と何のかかわりもないのだぞ」

源九郎が菅井の耳元で言った。

「まァ、そうだが……」

菅井は不服そうな顔をした。

「ともかく、店から出よう」

そう言って、源九郎は死体のそばから離れ、戸口から外に出た。

「どうしたのだ、華町」

菅井が人垣の外へ出てから訊いた。

「そば屋だ」

源九郎が小声で言った。

「なに、そば屋がどうした」

「菅井、忘れたのか。おれは、朝めしを食ってないのだぞ。腹がへってどうにもならん」

源九郎が腹を押さえて言った。

「そうだったな」

菅井も仕方なさそうな顔をした。

茂次は黙って源九郎と菅井のやり取りを聞いていたが、

「あっしは、ここに残りやすぜ。ちょっと、店の者に話を聞いてみますよ」

と、目をひからせて言った。

「勝手にしてくれ」

そう言い置き、源九郎は菅井の背をたたいてその場を離れた。

# 四

源九郎は、雨音で目を覚ました。強い降りらしく、屋根を打つ雨音と軒先から落ちる雨垂れの音が、絶え間なく聞こえてくる。

源九郎は掻巻から首を伸ばし、腰高障子に目をやった。障子は薄暗かったが、夜が明けて、だいぶ経ったことはまちがいない。

何時《なんどき》ごろであろうか。ふだんは聞こえる長屋の住人たちの声も、腰高障子をあけしめする音も、雨音に消されていた。

……ともかく、起きるか。

目が覚めてしまえば、何時《いつ》までも寝ているわけにはいかなかった。それに、雨の日は菅井が将棋を指しにくるはずである。うまくいけば、めしを炊かずに、朝めしにありつけるかもしれない。菅井が、朝のうちに将棋を指しにくるときは、握りめしを持参することが多いのだ。

源九郎は起き上がって、まず夜具を畳んだ。そして、部屋の隅に運んで枕屏風を立てて隠してから、寝間着を着替えた。

……さて、顔でも洗ってくるか。

と思い、源九郎が土間に下りようとすると、ピシャピシャと水溜まりを下駄で歩く音がした。

「来た、来た……」

源九郎は、ニンマリした。下駄の足音は、菅井のものである。思ったとおり、菅井がやってきたらしい。

下駄の音は、戸口の前でとまった。下駄の歯についた泥を落とす音が聞こえた後、

「華町、いるか」

と、菅井の声が聞こえた。

「いるぞ！　入ってくれ」

源九郎は、あらためて座敷のなかほどに腰を下ろした。

すぐに腰高障子があいて、菅井が姿を見せた。右手に濡れた傘を持ち、左手に飯櫃《めしびつ》を抱えていた。なかに、握りめしが入っているはずである。その飯櫃の上に、いつも使っている将棋盤が載せてあった。菅井が持ち運ぶ将棋の駒は、小箱に詰めてあるが、ふところに入っているのだろう。

菅井の長い総髪が濡れて、顔に張り付いていた。水中から浮かび上がった幽霊

のような不気味な顔つきである。

「朝から、何の用だ」

源九郎は、将棋を指しにきたと分かっていたが、そう訊いた。

「今朝は、雨だ。雨の日は、将棋と決まっているだろう」

菅井は上がり框に飯櫃を置き、着物についた雨粒をたたきながら言った。

「決まっているわけではないが……」

「華町、朝めしを食ったのか」

菅井が訊いた。

「い、いや、まだだ」

「めしは炊いたのか」

「こ、これからだ」

「よかったら、握りめしを食わんか。炊きたてのめしで握ったのだぞ」

「いただくかな」

源九郎は、相好をくずし、「上がってくれ、上がってくれ」と急に猫撫で声になって言った。

菅井は座敷のなかほどに、どかりと腰を下ろすと、

「握りめしは、将棋を指しながら食うのだぞ」

そう言って、将棋盤を膝先に置いた。

「それがいいな」

源九郎は、さっそく飯櫃の蓋をとった。握りめしが四つ、小皿には薄く切ったたくあんまで載せてある。菅井の言うとおり、今朝炊いためしを握ったらしく、飯櫃のなかがほのかに温かかった。

菅井は鰥《やもめ》暮《ぐ》らしだが、源九郎とちがって几帳面《きちようめん》なところがあり、朝めしもきちんと炊くことが多かった。

「さっそく、いただくかな」

源九郎が握りめしに手を伸ばすと、

「華町――」

と、菅井が急に声をかけた。

「な、なんだ」

「今日は、一日雨だぞ。じっくり、将棋が指せるな」

菅井が目を細めて言った。

「雨は、やみそうもないからな」

源九郎は、握りめしを手にした。

「さァ、やるぞ」

菅井が勢い込んで駒を並べ始めた。

ふたりは、握りめしを頰張りながら、将棋を指し始めた。源九郎は、お茶があればいいと思ったが、菅井との勝負が始まっているので、中断して湯を沸かすわけにもいかなかった。

それから、小半刻（三十分）ほどしたときだった。

また、戸口に近付く下駄の音がした。ふたりらしい。

源九郎は、茂次と孫六《まごろく》ではないかと思った。孫六も、はぐれ長屋の住人だった。老齢で、隠居の身である。茂次も孫六も、雨が降るとやることがなく、源九郎の家に将棋を覗きにくることがあったのだ。

足音は、戸口の前でとまった。

「華町の旦那、いますか」

と、女の声がした。

お熊である。お熊が、だれか連れてきたようだ。

「いるぞ、入ってくれ」

源九郎は、歩《ふ》を手にしたまま顔を腰高障子にむけた。歩を、金の前に進めようとしたところである。

腰高障子があいて、お熊が土間に入ってきた。後ろに、男がひとりいた。でっぷり太った男で、浅黒い顔をしている。体軀《たいく》といい顔付きといい、お熊に似たところがある。

……お熊の弟だな。

源九郎は、胸の内で思った。

男は二十二、三だろうか。棒縞《ぼうじま》の小袖を裾高に尻《しり》っ端折《ぱしょ》りし、太い脛《すね》をあらわにしていた。遊び人のような身装である。

「菅井の旦那も、いっしょですか。ちょうどいい」

お熊は、後ろに立っている男に目をやって言った。

「舎弟の猪八《いはち》です。……しばらく、長屋で厄介《やっかい》になるんで、挨拶に連れてきたんです」

お熊がそう言うと、後ろにいた男が、

「猪八ってえ者《もん》で、錺職《かざりしょく》でさァ。旦那方には、ご厄介になりやす」

と、首をすくめながら言った。

「錺職か」

菅井が、将棋盤を睨みながら言った。形勢が源九郎に傾いていて、いま熟考しているところである。

「へい」

「おれは、菅井紋太夫。両国広小路で居合抜きを観せている」

菅井が将棋盤から目を離さずに言った。

「わしは華町源九郎、傘張りだ」

つづいて、源九郎が言った。

源九郎の生業《なりわい》は傘張りだったが、むろんそれだけでは食っていけず、華町家からわずかだが合力《ごうりき》があった。

華町家は、五十石の御家人だった。倅の俊之介《しゅんのすけ》が君枝《きみえ》という嫁をもらったのを機に、源九郎は家督をゆずって家を出たのである。源九郎は妻を亡くしていたこともあり、倅夫婦に気兼ねして暮らすのが嫌で、隠居して長屋暮らしを始めたのだ。

源九郎が家を出たのは、七、八年前のことだった。その後、倅夫婦には新太郎《しんたろう》という嫡男につづいて八重《やえ》という女子も生まれ、内証《ないしょ》が苦しいのか、ちかごろは合力もとどこおりがちである。

「それで、猪八はお熊の家で暮らすのか」

源九郎が訊いた。

お熊は亭主の助造とふたり暮らしだったので、猪八がいっしょでも何とか寝起きできるだろう。

「大家さんに話して、あいている家を借りようと思ってるんですよ」

お熊が言った。浅黒い顔に、困惑したような色があった。猪八のことで、困ったことがあるのかもしれない。

「また、華町の旦那に、世話になることがあるかもしれません」

お熊が小声で言った。

「何かあったら、話してくれ。わしに、できることがあったらやるからな」

そう言って、源九郎は歩を金の前に進めた。

菅井は、「やはり、歩できたか」とつぶやき、金を指先でつまんだまま、どこへ指そうか迷っている。

「菅井の旦那も、よろしくね」

お熊が言った。

「分かった。分かった」

菅井は、将棋盤から目を離さない。

お熊と猪八は腰を上げ、戸口から出ていった。

ふたりの足音が雨音に消えた後、

「猪八は錺職と言ったが、働きに出ているのかな」

源九郎がつぶやいた。

猪八は、職を失ってお熊のところに転がり込んできたような気がした。それに、まだ身をかためていないのかもしれない。

源九郎が、腕組みをしてあれこれ考えていると、

「華町、おまえの番だ、おまえの」

菅井が、苛立《いらだ》ったような声で言った。

金で、歩をとったようだ。それしか、手はなかったのである。考え込むような局面ではなかったのだ。

五

その日、源九郎と菅井は、大家である伝兵衛の家にむかった。小半刻（三十

分）ほど前、伝兵衛の女房のお徳《とく》が源九郎の家に来て、

「これから、家主の三崎屋《みさきや》さんが見えるんです。華町さまと菅井さまに、何か用があるようなので、おふたりに家に来てほしいんですが」

と、伝えたのだ。

伝兵衛店の持ち主は、三崎屋東五郎《とうごろう》だった。深川海辺大工町《うみべだいくちよう》に、材木問屋の大店を構えている。東五郎はたいへんな資産家で、材木問屋のほかに長屋や借家なども持っていた。

伝兵衛は、大家になる前まで三崎屋の手代をしていた。東五郎は、伝兵衛が番頭にはむかないが、温和で人の面倒見がいいことに目をつけ、大家として長屋を差配するよう頼んだのである。

伝兵衛は女房のお徳とふたり暮らしだった。娘と倅がいたが、娘はすでに商家に嫁ぎ、倅は三崎屋で奉公している。

伝兵衛夫婦は、はぐれ長屋近くの借家に住んでいた。そこに、東五郎が来るということらしい。

三崎屋か伝兵衛店にかかわることで、何か大事があったのではあるまいか。そうでなければ、東五郎がわざわざ伝兵衛の家に足を運び、源九郎や菅井を呼ぶは

ずがないのだ。

源九郎は、お徳が長屋に来たとき、

「何の用かな」

と、訊いてみた。

「わたしには、分からないんですよ」

お徳は、困ったような顔をして小声で答えた。

そうした経緯があって、源九郎と菅井は伝兵衛の家にむかっていたのである。

源九郎と菅井が伝兵衛の家の戸口に立ち、訪《おとな》いを請うと、すぐにお徳が顔を出し、

「さァ、どうぞ。三崎屋さんが、お待ちですよ」

と、慌てた様子で言った。

伝兵衛と東五郎は、庭の見える居間にいた。庭といっても狭く、わずかばかりの庭木が植えてあるだけである。

「華町さま、菅井さま、どうぞ、どうぞ」

伝兵衛が愛想笑いを浮かべ、座敷に並べてあった座布団に手をむけた。

伝兵衛は五十代後半だが、鬢や髷に白髪が目立ち、顔の皺《しわ》も多かった。歳より

老けて見える。

源九郎と菅井が座布団に腰を下ろすと、

「華町さま、菅井さま、お手間をとらせますな」

東五郎が、笑みを浮かべて言った。

壮年で、恰幅《かっぷく》がよかった。唐桟の羽織に細縞の小袖、葡萄茶《えびちゃ》のしぶい角帯をしめていた。いかにも、大店の旦那らしい貫禄がある。

お徳が、源九郎と菅井に茶を運んできて、座敷から去ったところで、

「また、おふたりにお願いがございましてね」

と、東五郎が切り出した。物言いは丁寧だった。源九郎たちは店子だが、武士だからである。

「何か、厄介ごとですか」

源九郎が、湯飲みを手にしたまま訊いた。

以前、東五郎は倅の房次郎《ふさじろう》がやくざの親分に監禁され、金だけでなく伝兵衛店を脅しとられそうになったことがあった。そのとき、源九郎や菅井たちが房次郎を助け出し、町方と手を合わせてやくざの親分を捕らえ、三崎屋は難を逃れることができた。それ以来、東五郎はやくざ者や徒牢人《いたずらろうにん》などのかかわる難事が起こ

ると、源九郎たちに相談するようになったのだ。

「いや、まだ何かあったわけではないんです。ですが、これから起こるかもしれません」

東五郎が顔の笑みを消して言った。

「どういうことですかな」

「華町さまも、菅井さまも、黒田屋さんに押し込みが入ったのをご存じでしょう」

東五郎は、聖天一味とは言わなかった。

「知ってますよ」

源九郎は、事件後、黒田屋に出向いて、殺された奉公人を見てきたことは話さなかった。

菅井は、いつものように仏頂面をして口をつぐんでいる。この場のやり取りは、源九郎にまかせるつもりなのだ。

「なんですか、押し込みは小網町の岸野屋さんにも、押し入っているとか」

「そのようです」

源九郎は、岸野屋の件も耳にしていた。

「おふたりは、入船町《いりふねちょう》に利根屋《とねや》さんという材木問屋があるのをご存じですか」

東五郎が言った。

「店の名は聞いているが——」

利根屋は深川でも名の知れた材木問屋で、三崎屋と肩を並べる大店だと、源九郎は聞いていた。ただ、店を見たこともなかったし、あるじの名も知らなかった。

「利根屋さんは、岸野屋さんに賊が押し入った後、店の警備に腕のたつお侍に泊まってもらっているそうです。そのお侍がいるので、賊は利根屋さんでなく黒田屋さんに押し入ったと言う者がいましてね」

東五郎の顔から笑みが消え、表情がけわしくなってきた。

「なるほど」

利根屋は、押し込みを恐れて用心棒を雇ったらしい。

「そうなりますと、次に狙われるのは、うちではないかと思ったわけですよ」

「うむ……」

東五郎の危惧《きぐ》は、もっともだと源九郎は思った。

三崎屋は、深川だけでなく江戸でも名の知れた材木問屋である。黒田屋の次は、自分の店ではないかと思って当然である。

「それで、華町さまと菅井さまにお願いできないかと、こうしてうかがった次第です」

東五郎が、源九郎と菅井に目をむけて言った。

源九郎たちが、押し込みの警備のため三崎屋に寝泊まりしたことはこれまでもあった。それで、東五郎は頼みに来たのだろう。

ただ、源九郎はすぐに答えず、菅井に目をやった。長丁場になる恐れがあったので、ひとりではむずかしい。菅井が、どうするかである。

菅井はいっとき黙考していたが、

「ただ、店に寝泊まりするだけか」

と、仏頂面をしたまま訊いた。

「はい、夕方から朝までいていただければ、それで結構でございます。……押し込みも、華町さまや菅井さまがいると知れば、うちの店は避けるでしょう」

東五郎が、顔をやわらげて言った。

源九郎は黙っていたが、東五郎の言うとおりだと思った。聖天一味も、用心棒のいる店は敬遠するはずである。江戸には、大店がいくらもある。何も無理して、用心棒のいる店に押し入ることはないのだ。

「むろん、お礼はいたします」

東五郎が言い添えた。

「夕めしと朝めしは、出してもらえるのかな」

菅井が訊いた。

「店の方で、ご用意いたします」

「おれは、引き受けるぞ」

そう言って、菅井は、チラッ、と源九郎に目をむけ、夜は長いし、ゆっくりできそうだ、と口許に薄笑いを浮かべて言った。

……こいつ、将棋をやるつもりでいる。

と、源九郎は察知したが、将棋のことは口にしなかった。

「華町さまは、いかがでしょうか」

東五郎が、源九郎に目をむけて訊いた。

「わしも、引き受けよう。日頃、三崎屋さんには、世話になっているからな」

源九郎は、そう言わざるを得なかった。源九郎のふところは寂しく、米や味噌もわずかしかなかったのだ。

「ありがとう存じます。これは、とりあえず、用意したお礼です」

東五郎は、ふところから袱紗《ふくさ》包みを取り出し、源九郎の膝先に置いた。

膨らみ具合から見て切り餅が四つ、百両ありそうだった。

「これは、いただいておきます」

そう言って、源九郎は袱紗包みに手を伸ばした。

源九郎は胸の内で、これで、しばらく金の心配はしなくてすむ、とつぶやいた。

六

本所松坂町《まつざかちよう》。縄暖簾《なわのれん》を出した亀楽《きらく》という飲み屋に、六人の男が飯台を前にして腰を下ろしていた。

はぐれ長屋に住む源九郎、菅井、茂次、孫六、それに三太郎《さんたろう》と平太《へいた》だった。六人は、これまで長屋の者がかかわった事件はむろんのこと、商家や御家人などに依頼された事件も解決してきた。この六人がはぐれ長屋の用心棒と呼ばれる連中だが、外見は用心棒と呼ばれるには相応《ふさわ》しくない連中である。

源九郎と菅井は、三崎屋から警備の依頼を受けると、さっそく茂次たち四人を亀楽に集めた。何かあると、源九郎たちは亀楽に集まる。それというのも、源九郎たちは亀楽を贔屓《ひいき》にしていたからだ。

亀楽ははぐれ長屋から近かったこともあるが、何より酒が安く、長時間居座って飲んでも文句ひとつ言われなかった。あるじの元造《もとぞう》は寡黙だが気のいい男で、源九郎たちに何かと気を使ってくれた。それに、頼めば店を貸し切りにもしてくれる。

「これは、旦那からですよ」

店の手伝いをしているおしずが、ひじきと油揚げの煮染をふたつの小鉢に入れて出してくれた。

おしずは、平太の母親だった。ちかごろ、亀楽の手伝いをするようになったのである。

「おしずさん、すまねえなァ」

孫六が顔をほころばせて言った。

孫六は還暦を過ぎた年寄りだった。いまは、はぐれ長屋に住む娘夫婦の世話になっている。

孫六は酒好きだが、同居している娘夫婦に遠慮して、家では、酒を飲まないようにしている。ときおり、源九郎たちと亀楽で飲むのを楽しみにしているのだ。

「話は、一杯やってからだな」

そう言って、源九郎が銚子を取り、脇にいる孫六の猪口《ちょく》についでやった。

源九郎たちは、仲間と酒をつぎ合っていっとき飲んだ後、

「黒田屋に、押し込みが入ったのを知ってるな。……聖天一味のようだ」

と、源九郎が切り出した。

「やっぱり、その件ですかい」

すぐに、茂次が言った。

「一昨日、三崎屋のあるじが大家のところに来てな、店の警備を頼まれたのだ」

源九郎は、東五郎とのやりとりをかいつまんで話した。ただ、百両もらったことは、まだ口にしなかった。礼金のことは、集まった男たちの考えを聞いてからである。それに、源九郎は気になっていることがあった。黒田屋の手代を手にかけた男は、武士とみられていた。しかも、遣い手である。

一味のなかに、遣い手がいるなら、三崎屋に警備の者がいると知っても、押し込んでくるかもしれない。そうした思いが、源九郎の胸の内にあったのだ。

「茂次、わしらと黒田屋に出かけたとき、押し込みの件で何か聞き込んだのではないか」

源九郎が、茂次に目をやって言った。

「へい、奉公人だけでなく、御用聞きが話しているのも耳にしやした」

「それで、何か知れたのか」

「黒田屋じゃァ、内蔵があけられて、千五百両もの大金が盗まれたそうでさァ」

「千五百両か……」

黒田屋ほどの大店なら、そのくらいの金はあるだろう、と源九郎は思った。

そのとき、うまそうに酒を飲んでいた孫六が、

「内蔵には、錠前がついてたんじゃァねえのかい」

と、訊いた。顔は酒気で赭黒《あかぐろ》く染まっていたが、茂次にむけられた目には強いひかりが宿っていた。

孫六は隠居する前まで、番場町《ばんばちよう》の親分と呼ばれた腕利きの岡っ引きだった。十年ほど前に中風をわずらい、すこし足が不自由になって引退したのである。孫六は源九郎と茂次から黒田屋に押し入った盗賊の話を聞いて、岡っ引きだったころの血が騒ぎだしたのかもしれない。

「押し込みのひとりが、錠前を破ったらしい。聖天一味のなかには、腕のいい錠前破りがいるようだ。……半月ほど前に入《へえ》られた小網町の岸野屋も、土蔵の錠前が破られたそうだからな」

「茂次、押し込みは、くぐり戸を破って店に入ったのかい」

さらに、孫六が訊いた。

「そうらしいな。戸の板を一枚破り、そこから手を突っ込んでさるを外したようだぜ」

さる、というのは、戸じまりのために戸の框に取りつけ、柱や敷居に穴をあけて差し込む木片のことである。

「まちげえねえ。聖天一味の仕業だ。錠前を破るのも店に入るのも、聖天一味の手口だからな」

孫六が強い口調で言った。孫六は、知り合いの岡っ引きから聖天一味のことを聞いていたのだろう。

「そういうことでな、三崎屋は聖天一味に押し入られないように、わしらに店の警備を頼んだわけだ」

源九郎が言った。

そのとき、源九郎たちのやり取りを黙って聞いていた平太が、

「華町の旦那、あっしらに店の警備は無理でさァ」

と、困ったような顔をして言った。

平太は、まだ十四、五歳の若造だった。源九郎たちの仲間になったばかりである。ふだん、鳶《とび》の仕事をしている。

平太の兄の益吉《ますきち》は手間賃稼ぎの大工をしていたが、亀楽で料理屋の包丁人が殺されたとき、巻き添えを食って殺されてしまった。

平太は兄の敵を討ちたいと思い、源九郎たちといっしょに下手人を捜した。そして、下手人をつきとめて捕らえ、何とか敵を討つことができたのだ。

いま、平太は浅草諏訪町《すわちょう》に住む栄造《えいぞう》という親分の下っ引きをしていたが、ふだんは鳶の仕事をしており、栄造の指図で動くことは滅多になかった。そして、何かあると、源九郎たちの仲間にくわわっていたのである。

平太は身軽で、とりわけ足が速かった。それで、すっとび平太と呼ばれている。火急の知らせに走ったり、逃げる相手を追いかけたりするときには役に立つ男である。

「いやいや、店の警備といってもいろいろある。……まず、聖天一味を探っても

らいたいな。相手は何人なのか、一味のなかに腕のたつ者が何人いるのか。そういうことが分からんと、しっかりした警備はできんからな」

源九郎が言うと、

「一味に、腕のたつ武士がいることはまちがいないのだ」

と、菅井が孫六たちに目をやって言った。

「それに、毎夜、わしと菅井が三崎屋に泊まらんでもいいだろう。みんなにも、交替で泊まってもらうつもりなのだ」

毎夜では、身がもたないだろうと源九郎は思っていた。押し込みの警備となれば、どちらかが、夜通し起きていなければならないのだ。

「それなら、あっしらにもできそうだが……。旦那、お手当ては……」

孫六が、上目遣いに源九郎を見ながら訊いた。

「おお、それそれ」

源九郎が、ふところから袱紗包みを取り出した。

男たちの目が、いっせいに袱紗包みに集まった。ゴクリ、と生唾を飲み込んだ者もいる。

「ここに、百両ある」

そう言って、源九郎が袱紗包みをひらいた。

切り餅が四つ、あらわれた。

「ひゃ、百両！」

孫六が、目を剝《む》いて声を上げた。

「どうだ、三崎屋で頼まれた仕事をやるか」

源九郎が、声をあらためて訊いた。

「やる！　おれは、やるぜ」

孫六が言うと、

「おれも、やる」「おれも」「おれも」と、茂次、三太郎、平太の三人がつづいて声を上げた。

「よし、これで、決まりだ」

菅井が、声を大きくした。

「では、ひとり頭、十五両でどうだ。十両あまるが、十両はこれからの酒代としてとっておく」

これまで、源九郎たちは仕事のかかわりに多少があっても、平等に分けることにしていたのだ。

「それでいい」

茂次が言うと、男たちがいっせいにうなずいた。

# 第二章　遊び人

## 一

源九郎が手桶を持って戸口から出ようとすると、お熊が小走りに近付いてきた。何かあったのか、顔がこわばっている。

「旦那、水汲みかい」

お熊が訊《き》いた。いつになく、声も沈んでいる。

「流し場の水桶が、からになったのでな」

「あたしが、後で水を汲んでおいてやるよ」

お熊が源九郎に身を寄せて言った。

「お熊、何かあったのか」

いつものお熊と、様子がちがう。何か困ったことでもあるのかもしれない。

「旦那、そこに腰を下ろしておくれ」

そう言って、お熊は源九郎を上がり框《がまち》に腰を下ろさせた。

「どうしたのだ、お熊」

「猪八のことなんだよ」

お熊が、急に顔をしかめて言った。

「猪八がどうかしたのか」

「旦那、猪八に意見しておくれよ。弟なのに、あたしの言うことなんか、まったく聞かないんだから」

お熊が、眉を寄せて言った。

「ともかく、話してみろ」

「猪八は仕事にも行かずに、遊び歩いてるんですよ。あたしが、意見すると、プイと家を出ていって、夜遅くまで帰ってこないんだよ」

お熊によると、猪八は錺《かざり》職《しょく》の親方の家に住み込んで働いていたが、まじめに仕事をやらずに遊び歩いているので、追い出されたらしいという。

「猪八は、独り者なのか」

「あんな男に、嫁のきてなんてないよ。嫁をもらったって、食わしていけないしね」

　お熊が、顔をしかめて言った。

「助造に、意見してもらったらどうだ」

　助造はお熊の亭主である。

「うちの亭主が、猪八に意見したこともあるんだけどね。まったく、聞く耳をもたないんだよ」

「それは、困ったな」

「ねえ、旦那から、意見してやっておくれよ」

　お熊が、訴えるように言った。

「わしの意見も、聞きはしないだろう。……猪八だがな、どんな性格《たち》なのだ。乱暴者なのか」

「そんなことないんだよ。気持ちのやさしい子でね。子供のころ、飼っていた亀が死んだときなんか、亀を抱いて一晩中泣いていたほどなんだから——。それに、手先が器用で、錺職の親方にも重宝されてね。難しい仕事は、みんな猪八が引き受けてるって聞いてたんですよ」

「猪八だが、仕事の腕はいいようだな」

源九郎は、猪八の身に何かあったのではないかと思った。

「ただね、子供のころから、怠け者でね。……遊んでばかりいて、親方も愛想を尽かしたのかもしれないよ」

ただ、気に入った仕事は、めしを食うのも忘れて熱中するそうだ。

「悪い男ではなさそうだが、仕事をしないと食っていけないからな」

源九郎は、他人事《ひとごと》ではなかった。源九郎も、まともに傘張りの仕事をしないこともあって、いつもふところは寂しく、めしの心配ばかりしているのだ。

「それに、悪い男と付き合ってるような気がするんですよ」

「悪い男とな」

まずいな、と源九郎は思った。猪八は、優柔不断なところがありそうだ。悪い男にそそのかされて、悪事に手を出すかもしれない。

「亭主がね。猪八が、ならず者らしい男と歩いているのを見たらしいんだよ」

お熊が、顔をしかめて言った。

「猪八は、いま、家にいるのか」

源九郎は、意見はともかく、いっしょに歩いていた男のことだけでも聞いてみようと思った。

「それが、朝早く家を飛び出したきりで、まだもどってないんだよ」

「猪八が帰ったら、わしのところに来るように言ってくれんか」

「意見してくれるのかい」

お熊が、ほっとしたような顔をした。

「ともかく、様子を聞いてみよう」

源九郎は、意見したからといって猪八の暮らしぶりが変わるとは思わなかったが、話を聞いて様子が知れれば、何か打つ手を考えつくかもしれない。

「帰ったら、すぐ連れてくるよ。やっぱり、旦那は頼りになるね」

そう言って、お熊が腰を上げたときだった。

戸口に走り寄る足音が聞こえた。

「華町の旦那、いやすか」

腰高障子の向こうで、平太の声が聞こえた。走ってきたらしく、息がはずんでいる。

「いるぞ、入ってくれ」

すぐに、腰高障子があいて、平太が顔を見せた。顔が紅潮し、額に汗が浮いている。

「どうした、平太」

源九郎が、立ち上がって訊いた。

「や、やられやした！　利根屋が」

平太が、声をつまらせて言った。

「利根屋だと――」

咄嗟《とっさ》に、源九郎は何のことか分からなかった。

「入船町の材木問屋でさァ」

「利根屋に、夜盗が押し入ったのか」

源九郎は、事情を察知した。利根屋は三崎屋と肩を並べる大店《おおだな》で、聖天一味に備えて用心棒をおいていると聞いていた店である。

「へい、ふたり殺《や》られたそうですぜ」

「おまえ、どうして知っているのだ」

まだ、五ツ（午前八時）を過ぎて、それほど経っていないだろう。

「今朝早く、あっしと孫六親分とで、黒田屋へ行ったんでさァ。そんとき、桟橋にいた船頭から耳にしやした」

平太は、孫六が腕利きの岡っ引きだったと知っていて、孫六のことを親分と呼ぶことがあった。

平太によると、黒田屋の奉公人にそれとなく事件のことを訊いてみようと思い、孫六とふたりで佐賀町に出かけたのだという。

「それで、孫六は」

源九郎が訊いた。

「先に、入船町に行きやした」

「わしらも、行ってみよう」

源九郎は事情が飲み込めた。

利根屋に夜盗が入ったことを知った孫六は、足の速い平太をはぐれ長屋に走らせ、自分は佐賀町から入船町にむかったらしい。

「お熊、出かけてくる。猪八の話は、帰ってからだな」

そう言い置いて、源九郎は戸口から出ると、菅井の家に立ち寄った。菅井も同行しようと思ったのである。

源九郎、菅井、平太の三人は、はぐれ長屋を出ると、足早に入船町にむかった。

二

入船町に入ると、右手に材木置場がつづいていた。その先には、江戸湊《えどみなと》の青い海原がひろがっている。海はおだやかだった。白い帆をふくらませた大型の廻船が、ゆっくりと品川沖の方に航行していく。

潮風のなかに、木の香りがまじっていた。この辺りは木場が近いせいもあって、貯木場や木挽《こびき》場が多いようだ。通りには、印半纏《しるしばんてん》姿の船頭や川並《かわなみ》の姿が目につく。

入船町に入って、いっとき歩くと、

「あの店のようですぜ」

と平太が言って、前方を指差した。

通りに面した土蔵造りの大店の前に、人だかりができていた。材木問屋らしく、店の脇に材木をしまうための倉庫が二棟あった。裏手には、白壁の大きな土蔵もある。

人だかりは、通りがかりの野次馬が多いようだったが、木挽や川並らしい男も目についた。

「孫六親分と、茂次さんがいやすぜ」

平太が言った。

人垣のなかに、孫六と茂次の姿があった。茂次も、利根屋に夜盗が入ったことを耳にして駆け付けたのだろう。

源九郎は、孫六たちの後ろに身を寄せると、

「どうだ、何か知れたか」

と、小声で訊いた。

「利根屋に押し入ったのは、聖天一味のようですぜ」

茂次が小声で答えた。

「様子を聞きたいが……。ともかく、ここから離れよう」

源九郎がそう言って、その場にいた茂次と孫六もいっしょに、人垣から離れた。人垣のなかで話すわけにはいかなかったのである。

「分かったことを、話してくれ」

源九郎が訊いた。

「ふたり、殺られていやす」

茂次が言った。

「あっしが、店に出入りする木挽から聞いたんですがね。ひとりは牢人で、利根屋に雇われた男のようですぜ」

「用心棒が殺られたのか」

「へい、山崎《やまざき》とかいう牢人だそうで」

「山崎な」

源九郎は菅井に目をやり、知ってるか、と訊いた。

「知らん」

菅井は素っ気なく答えた。

「もうひとりは？」

「それが、分からねえんでさァ」

「店の奉公人だろうな」

源九郎がそう言ったとき、

「華町の旦那、押し入った盗人のひとりかもしれやせんぜ」

と、孫六が目をひからせて言った。

「盗人が殺られたのか」

「店の奉公人か」

源九郎が聞き返した。

「あっしの知り合いの岡造《おかぞう》ってえ、御用聞きがここに来てやしてね。そいつの話じゃァ、殺されたもうひとりは、黒布で頰っかむりしてたそうでさァ」

「なに、黒布で頰っかむりしていただと」

それなら、聖天一味のひとりが、殺されたのかもしれない、と源九郎は思った。用心棒として店にいた山崎が、押し入ってきた男を斬り、その山崎が聖天一味の者に斬り殺されたとすれば、話が合う。

「ともかく、殺されたふたりの傷口だけでも見てみたいな」

源九郎が言った。

「土間に、運ばれているようですぜ」

茂次が店先を指差した。

「行ってみよう」

利根屋の店先にもどった源九郎たちは、強引に人だかりを押し分けて戸口に近付いた。

土間に筵《むしろ》が敷かれ、ふたりの男が横たわっていた。ふたりともどす黒い血に染まっている。

源九郎と菅井は、敷居のそばまで行って横たわっているふたりに目をやった。戸口から一間半ほどしか離れていなかったので、よく見えた。

ひとりは牢人体だった。仰向けに寝かされている。小袖に袴姿で、月代《さかやき》と無精髭が伸びていた。瞠目《どうもく》し、口をあんぐりあけたまま死んでいる。三十がらみであろうか、剽悍《ひょうかん》そうな面構《つら》えをしていた。

牢人は首筋を斬られていた。首から胸にかけて、血が飛び散っている。

……同じ傷ではないか！

と、源九郎は思った。

黒田屋の助次郎の傷とよく似ていた。深い刀傷で、頸骨《けいこつ》が白く覗いていた。袈《け》裟《さ》斬りだが、ほぼ水平にちかい太刀筋ではないかとみてとった。

「華町、黒田屋の手代と同じ傷だぞ」

菅井が低い声で言った。細い目が、切っ先のようにひかっている。

どうやら、菅井も山崎は助次郎を斬った下手人の手にかかったとみたようだ。

「もうひとりは、賊のひとりらしいな」

筵に横たわっているもう一体は、黒の筒袖に黒股引《ももひき》姿だった。一見して、盗人と分かる装束である。孫六から聞いたとおり、この男は盗人のようだ。

男は仰向けに倒れていた。頬っかむりを毟っ引きが取ったらしく、黒布が脇に置いてあった。男は肩口から袈裟に斬られていた。筒袖が肩から胸にかけて裂け、あらわになった肌が血に染まっている。

男は苦痛に顔をしかめて、死んでいた。肌の浅黒い、顎のとがった男である。左の目の下に、小豆《あずき》粒ほどの黒子《ほくろ》があった。

「あの男に見覚えがあるか」

源九郎が、菅井や後ろにいる孫六たちに目をやって訊いた。

四人とも、首を横に振った。知らないらしい。

いっときして、源九郎たち五人は、その場から身を引いた。死体を眺めていても仕方がないのである。

「せっかく、ここまで来たのだ。近所で、すこし聞き込んでみるか」

源九郎が言った。

「そうしやしょう」

すぐに、茂次が応え、孫六と平太もうなずいた。

源九郎たちは別々になり、集まっている野次馬たちや店に出入りする船頭、川並、木挽などをつかまえてそれとなく話を聞いてみることにした。

それから、一刻（二時間）ほどして、源九郎たちはふたたび、利根屋の前に集まった。

「どうだ、そばでもすすりながら話さんか」

すでに、陽は西の空にまわっていた。源九郎は、腹がへっていたのだ。

「それがいい」

めずらしく、菅井がすぐに返事をした。菅井も、腹がへっていたようだ。

源九郎たちは掘割にかかる汐見橋を渡り、三十三間堂の甍《いらか》が右手に見えるところまで行ってから、通り沿いにそば屋を見つけて暖簾《のれん》をくぐった。

そばをたぐりながら、五人が聞き込んだことをそれぞれ話すと、だいぶ様子が知れてきた。

利根屋では、裏手の土蔵が破られ、千両箱がふたつ、都合千八百両ほどの大金が奪われたという。また、賊が表のくぐり戸の一部を破って侵入した手口も、頑丈な錠前をあけて千両箱を運び去った手口も、黒田屋と同じだそうである。

「聖天一味に、まちがいないということだな」

源九郎が念を押すように言うと、茂次が、へい、と答えた後、

「華町の旦那、一味が逃げていくのを見かけたやつがいやしたぜ」

と、声をあらためて言った。

「なに、聖天一味を見たのか」

思わず、源九郎の声が大きくなった。

「五助《ごすけ》ってえ船頭でさァ」

茂次が五助から聞いたことによると、五助は馴染みにしている縄暖簾を出した飲み屋で泥酔し、利根屋近くの店屋の軒下にへたりこんで、眠ってしまったそうだ。

何時《なんどき》ごろか分からなかったが、五助は何人もの足音を耳にして目が覚めた。五助は目の前を通り過ぎる黒い物を見て、一瞬、野犬でも走っているのかと思った。だが、すぐに、それが黒い装束に身をつつんだ夜盗の一団だと気付いた。

……押し込みだ！

と、五助は思ったが、恐怖で身が竦《すく》み、立ち上がることもできなかった。

五助は、人影が闇のなかに消えるまで、軒下の暗がりで震えていたという。

「一味は、五人だったそうでさァ」

茂次が言い添えた。

「五人か……」

利根屋のなかで殺されたひとりが聖天一味なら、六人で押し入り、ひとり殺された後、五人で金を奪って逃げたことになる。

「茂次、そのなかに武士らしい男はいなかったか」

源九郎の脇にいた菅井が訊いた。

「はっきりしねえが、刀を差したやつが、ふたりいたようだ、と五助は言ってやした」

「ふたりか……」

菅井が驚いたような顔をした。聖天一味に、武士がふたりいるとは思っていなかったのだろう。

源九郎も、意外な気がした。聖天一味に、剣の遣い手がいるらしいとは思っていたが、菅井と同じようにひとりと決めつけていたのである。

それから、孫六や平太も聞き込んだことを話したが、あらたなことは分からなかった。

源九郎たちが、そば屋から出ると、陽は西の家並の向こうに沈みかけていた。茜《あかね》色の夕焼けが西の空にひろがっている。

「菅井、三崎屋だがな。しばらく、ふたりで行かねばならないな」

源九郎は、一味に武士がふたりいるとなると、ひとりでは後れをとる恐れがあるとみたのである。

「華町、好きなだけ将棋ができるな」

菅井が薄笑いを浮かべて言った。

源九郎は、勝手にしろ、と思ったが、渋い顔をしただけで何も言わず、はぐれ長屋にむかって足を速めた。

三

「旦那、ごっそうになりやす」

猪八が、上目遣いに源九郎を見ながら湯飲みを差し出した。

源九郎の家だった。座敷の隅に、猪八が神妙な顔をして座っている。お熊が、猪八を源九郎の家に引っ張ってきたのだ。意見をするといっても相手は子供ではないので、源九郎は、猪八と飲みながら話してみようと思った。それで、お熊を帰した後、買っておいた貧乏徳利の酒を持ち出したのである。

「酒は強いのか」

源九郎は、猪八の湯飲みに酒をついでやりながら言った。

「ほどほどでさァ」

猪八が首をすくめながら言った。

大きな丸顔で、浅黒い顔をしていた。目が丸く、狸のような顔である。

「わしも、酒は好きだが、ちかごろは、あまり飲めんようになってな。……歳だろう」

「ヘッヘヘ……。旦那は、酒が強《つえ》えって聞いてやすぜ」

そう言って、猪八は湯飲みの酒を、グビリ、と飲んだ。

「まァ、飲め」

源九郎は、猪八の湯飲みに酒をつぎ足してやりながら、

「女は、どうだ」

と、訊いた。源九郎は、猪八がどんな遊びをしてるのか、聞き出すつもりだったのだ。

「女も、そこそこでさァ」

猪八は膝をくずして胡座《あぐら》をかいた。だいぶ、態度がくだけてきたようである。

「岡場所か。まさか、吉原に出入りしてるわけではあるまいな」

「ヘッヘヘ……。銭がねえんで、伏玉《ふせだま》で我慢してまさァ」

深川では、女郎屋で客をとる女郎のことを伏玉と呼んでいた。茶屋に呼び出されて客をとる遊女は子供《こども》と呼ばれていた。伏玉は子供より格下で、安価である。

「わしは、しばらく出かけてないが、こっちは、どうだ」

源九郎は壺を振る真似をして見せた。賭場に出入りしているか、それとなく訊いてみたのである。

「手慰みに、ちょいと……」

猪八は首をすくめて小声で言った。

「まァ、ほどほどにしておくのだな」

どうやら、猪八は賭場にも出入りしているようだ。仕事もせず、賭場に出入りするようになると、悪事に手を出す恐れが強くなる。

「ところで、おまえは錺職だそうだな」

源九郎が、声をあらためて訊いた。

「へえ……」

「おれは、傘張りだが、たいして銭にならんな」

「……」

猪八が湯飲みを手にしたまま、源九郎の顔を見つめている。源九郎が何を言いたいか、分からなかったのだろう。

「猪八、掌《て》を見せてみろ」

「あっしの手ですかい」

「そうだ」

猪八が湯飲みを置いて右手をおずおずと出すと、源九郎はムズとつかんで引っ張り、掌を食い入るように見ながら、

「いい掌をしておる」

と、感心したように言った。

「あっしの薄汚《うすぎた》ねえ掌が、いい掌ですかい」

猪八が照れたような顔をして言った。

「ああ、いい掌だ。猪八、わしが剣術を遣うことをお熊から聞いてないか」

「聞いていやす」

「わしは、掌を見ただけで、相手の腕のほどが分かるのだ」

まんざら、嘘でもなかった。剣の遣い手は、竹刀胼胝《しないだこ》ができて掌が厚く硬くなっているのだ。竹刀胼胝で、稽古の量が分かり、腕のほども分かるのである。

「……」

猪八は黙って源九郎に握られた手を見つめている。

「おまえは、錺職としていい掌をしておる。腕もいいはずだ」

源九郎は、おだてて言ったわけではなかった。猪八の掌や指先は、胼胝で硬くなっていたのである。

「へえ、まァ……」

猪八は、戸惑うような顔をして口を濁した。

「腕のいい錺職は、いい稼ぎをするそうだな」

源九郎が、猪八の手を離した。

「旦那、それが、銭になるのは、親方だけなんで……。あっしのふところには、わずかしか入《へえ》らねえんでさァ」

猪八がしゃべったところによると、作るのは簪《かんざし》が主だが、頼まれれば莨《たばこ》入れの口金から錠前まで引き受けていたそうだ。手間隙かけて五両も十両もする品物を仕上げても、親方から渡される金は一分か二分だという。

「それに、親方は口をひらけば、仕上げるのが遅いだの、材料をむだにするなだのと言ってばかりで、うるさくてね。いいかげん嫌になっちまったんでさァ」

猪八が、腹にたまっていた物を吐き出すように言った。

「そうか。おまえも、いろいろ苦労したわけだな」

「へえ……」

猪八は、困惑したように肩を落とした。

……あんがい、素直な男だ。

と、源九郎は思ったが、甘い顔を見せなかった。

「だがな、猪八、いまのままではこの掌が泣くぞ」

源九郎が、静かだが重いひびきのある声で言った。

「……」

猪八は、源九郎を見つめた。酒を飲むのも、忘れているようだ。

「おまえの錺職としての腕が、泣くというのだ」

「で、ですが、旦那。あっしは、親方《けえ》に愛想を尽かされて、追い出されたんでさァ。いまさら、親方のところへは帰れねえし、帰るつもりもねえ」

猪八が声を震わせて言った。

「おまえの気持ちも分かるが、仕事をしないと、この掌はすぐに柔らかくなるぞ。それだけ、おまえの腕も落ちることになる」

「……」

猪八が眉を寄せて困ったような顔をした。

「まァ、すぐにとは言わん。そのうち、気が向いたら親方のところへ帰るんだな」

「へえ……」

猪八は、叱られた子供のような顔をして肩を落とした。

「まァ、飲め」

源九郎は、貧乏徳利を手にして猪八の方へむけた。

意見したからといって、急に暮らしぶりが変わるわけではない。今夜のところは、これくらいにしておこうと思ったのである。

四

腰高障子があいて、孫六が顔を出した。後ろに、平太が立っている。

「華町の旦那、行きやすか」

孫六が、源九郎に声をかけた。

源九郎は座敷のなかほどで、袴の紐《ひも》を結んでいるところだった。これから、源九郎たちは、浅草諏訪町に行くつもりだった。

諏訪町には、岡っ引きの栄造が住んでいた。お上の仕事がないときは、女房のお勝《かつ》と勝栄《かつえい》というそば屋をやっている。勝栄とは妙な屋号だが、お勝と栄造の名から一字ずつとったのだという。

孫六は栄造と懇意にしており、平太の親分でもあった。源九郎も、栄造のことはよく知っていた。これまで、源九郎たちがかかわった事件で、町方の手を借りるときは栄造をとおして八丁堀同心の村上に話を持っていくことが多かったのだ。むろん、捕らえた下手人は栄造か村上に引き渡し、町方の顔を立てることを忘れなかった。

源九郎たちは、黒田屋や利根屋の件で、町方がつかんでいることを知りたかった。それで、栄造に聞いてみようと思ったのである。むろん、一方的に栄造から話を聞くだけでなく、当然、源九郎たちがつかんでいることも栄造に話すことになる。

五ツ（午前八時）過ぎ、源九郎たちははぐれ長屋を出た。晴天で、初夏の微風が心地よかった。

源九郎たちは両国橋を渡り、浅草橋を渡って千住街道に入った。千住街道を北にむかえば、諏訪町に出られる。

諏訪町へ入って間もなく、源九郎たちは右手の路地へまがった。路地の一町ほど先に、勝栄があった。

店先に暖簾が出ていた。勝栄は店をひらいているらしい。

まだ、店に客はいなかった。奥で水を使う音がした。板場で、洗い物でもしているのかもしれない。

「だれか、いねえかい」

孫六が、声をかけた。

すぐに、下駄の音がし、子持縞《こもちじま》の小袖に片襷《かただすき》をかけた女が顔を出した。お勝である。お勝は色白で、ふっくらした頬をしていた。大年増《おおどしま》だが、子供がいないせいもあって、娘のような雰囲気を残している。

「あら、華町の旦那。孫六親分と平太も、いっしょですか」

お勝が、店に入ってきた源九郎たちに声をかけた。

お勝は孫六が番場町の親分と呼ばれた岡っ引きだったことを知っていて、いまでも親分と呼ぶ。平太は、栄造が使っている下っ引きだったので、呼び捨てにしたのである。

「親分はいるかい」

孫六が訊いた。

「いますよ。すぐ、呼んできますからね」

お勝は、きびすを返して板場にもどった。

源九郎たちが板敷きの間の上がり框に腰を下ろして待つと、すぐに栄造が板場から出てきた。洗い物でもしていたらしく、濡れた手を前だれで拭きながら近付いてきた。

「華町の旦那、お久し振りです。……番場町の、よく来たな」

栄造は、源九郎と孫六に挨拶してから、おまえも、いっしょかい、と平太に声をかけた。

「諏訪町の、そばはできるのかい」

孫六が、岡っ引き同士のような口振りで訊いた。

「できやすぜ」

「それじゃァ、そばを頼むかな」

孫六が言うと、源九郎と平太がうなずいた。

「お勝に支度させるから、ちょいと、待ってくれ」

栄造はそう言い残し、板場にもどった。お勝に、そばの仕度をするよう話しに行ったらしい。

栄造はすぐにもどって来ると、源九郎たちのそばに腰を下ろし、

「それで、何の用です」

と、訊いた。源九郎たちは、何か話があって諏訪町まで足を運んできたと分かっていたのである。

「黒田屋と利根屋の件でな」

源九郎が切り出すと、

「旦那たちは、聖天一味と何かかかわりがあるんですかい」

と、栄造の方から訊いてきた。

栄造の顔から、そば屋の亭主らしい表情が消えていた。腕利きの岡っ引きらしいひきしまった顔になっている。

「まだ、かかわりはないが、これからどうなるか、分からんのだ」

源九郎は、三崎屋で店の警備を頼まれたことを話した。栄造には隠さずに話すつもりで来ていたのだ。

「三崎屋が、次はうちの番だと思うのも無理はねえな」

栄造が言った。

「聖天一味が、押し入るのを待ってやりあったら、利根屋で殺された用心棒のようになりかねん。それでな、せめて聖天一味のことを知った上で、店の警備にあたりたいのだ」

警備と言ったが、源九郎たちは三崎屋に寝泊まりするだけで、夜中の見回りもしていなかった。

「聖天一味は六人だが、ひとり殺されたそうだな」

源九郎が念を押すように訊いた。

「へい」

栄造は侵入した賊は六人だが、ひとり殺され、逃げたのは五人だと言い添えた。孫六が話していたとおりである。

また、殺された利根屋の用心棒は山崎権太夫《ごんだゆう》という牢人で、入船町に住んでいたという。界隈《かいわい》では、剣の腕がたつとみられていたそうだ。

「殺された賊の正体は、知れたのか」

「滝造という男のようでさァ」

栄造によると、殺された男の左の目の下に小豆粒ほどの黒子があったことから、深川、本所、浅草界隈を縄張にしている岡っ引きたちが、遊び人や地まわりなどに当たって聞き込んだという。すると、浅草茅町《かやちよう》の新兵衛店《しんべえだな》に住む滝造という男が浮かび、さっそく何人かの岡っ引きが長屋の者や近所で聞き込み、滝造と判明したそうだ。

「あっしも、茅町に行きやしてね、長屋の連中に話を聞いてみたんでさァ。殺された男と、長屋に住んでいた滝造の人相や年格好が似てたし、目の下の黒子もあったということで、まちがいねえということになったんでさァ」

栄造が、言い添えた。

「それで、滝造の生業《なりわい》は？」

孫六が訊いた。

「錠前直しで――」

錠前直しは町筋をまわり、壊れた錠前を直したり、合鍵を作ったりしている。

「おい、押し入った先で錠前を破っていたのは、滝造ではないのか」

すぐに、源九郎が訊いた。

錠前直しなら、錠前のことは詳しいはずだった。押し入った先で合鍵を作ることはできないだろうが、鍵のような物を使ってあける技を身につけているかもしれない。

「あっしらも、そうみやした」

栄造が言った。

「うむ……」

滝造が一味の錠前破りなら、今後、一味は押し入った先で錠前を破れないことになる。ただ、それで、一味が押し込みをやめるとは思えなかった。押し入った先の店のあるじなり番頭なりに、店内にある鍵を使って錠前をはずさせれば、金を奪うことはできるのである。

「ふたりの武士のことで、何か知れたか」

源九郎が声をあらためて訊いた。

「それが、まったく……」

栄造が首をひねった。

そんなやりとりをしているところに、お勝がそばを運んできた。話をいったん中断し、栄造もそばを運ぶのを手伝った。

「旦那、そばを食べてくだせえ」

栄造が言った。

「いただくか」

源九郎たちが、そばをたぐり始めると、栄造はその場を離れて板場にもどった。

栄造は、源九郎たちがそばを食べ終えたころを見計らってもどってくると、

「華町の旦那は、聖天一味にくわわっているふたりの侍に、何か覚えがありやすかい」

と、訊いた。栄造としても、自分から話すだけでなく、源九郎たちからの情報も得たかったのだろう。

「それが、まったく見当もつかんのだ。分かっていることといえば、黒田屋の手代を斬ったのと、山崎なる牢人を斬ったのは同じ者で、腕がたつということだけだな」

源九郎が話した。

「三崎屋の方は、どうです？」

「いつもと、変わらぬようだ」

すでに、源九郎と菅井は三崎屋に交替で三晩泊まりこんでいるが、聖天一味が踏み込んでくるような気配はなかった。もっとも、聖天一味としても押し込みに入る前に、それと知れるようなへまはしないだろう。

「わしらも、聖天一味のことで何かつかんだら親分に知らせよう」

源九郎が言い添えた。

「ありがてえ……」

「それからな。しばらく、平太は親分との繫《つな》ぎに使いたいのだが、長屋にいさせてもいいかな」

源九郎は、平太を連絡のために使いたかったのだ。

「ようがす。平太、おめえに仕事を頼むときは、おれから話すから、それまで華町の旦那や番場町の親分の指図で動いてくんな」

栄造が平太に顔をむけて言うと、

「へい」

と、平太が殊勝な顔をしてうなずいた。

その後、源九郎たちは小半刻（三十分）ほど栄造と話をしてから勝栄を出た。まだ、陽は高かった。八ツ（午後二時）を過ぎたころであろうか。

源九郎たちが路地から千住街道に出たところで、

「華町の旦那は、今夜も三崎屋ですかい」

と、孫六が訊いた。

「そのつもりだ」

「あっしと、平太とで、茅町をまわりたいんですがね」

孫六が、源九郎の後ろについてきながら言った。

「新兵衛店か」

「へい、ちょいと滝造を洗ってみやす」

孫六が、目をひからせて言った。腕利きの岡っ引きらしい鋭い目である。孫六は聖天一味である滝造の身辺を洗って、仲間を割り出すつもりらしい。

「そうしてくれ」

源九郎は、孫六と平太にまかせようと思った。

五

「いきなり、歩《ふ》を打つやつがあるか」

菅井が、将棋盤を睨みながらけわしい顔をして言った。

「いちいち断って、打たねばならんのか」

源九郎が呆《あき》れたような顔をして言った。

源九郎と菅井は、三崎屋の帳場の奥の座敷で将棋を指していた。いま、源九郎が王の前に歩を打ったところである。

「断らんでもいいが……。この歩はまずい」

菅井が渋い顔をして言った。

菅井は王を逃がすか歩をとるかだが、うまく逃げなければ飛車が角にとられる。王で歩をとっても、王の逃げ道をふさぐことになる。源九郎が王の前に歩を打ったことで、だいぶ形勢が源九郎にかたむいてきたのだ。

「うむ……」

菅井が低い唸《うな》り声を上げた。どうやら、長考に入ったようだ。

源九郎と菅井は、三崎屋の警備に来ていた。店で出された夕餉《ゆうげ》を食べ終え、番頭や手代が帳場から引き上げたのを見てから、源九郎たちは寝起きする奥の座敷で将棋を始めたのである。

源九郎たちが三崎屋に来るようになってから、半月ほど経っていた。ちかごろは、源九郎と菅井がいっしょではなく、代わりに茂次や三太郎たちも来るようになった。

始めのうちは、源九郎と菅井はかならず来ていたが、途中からどちらかひとりということにした。さすがに連日というわけにはいかなくなったのだ。ふたりが、寝ずの番をしているわけではなかったが、それでも睡眠不足で日が重なると疲労がたまってくる。

それに、源九郎たちには、腕のたつ武士が連日ふたり、三崎屋の警備にあたっているとの噂がたてば、聖天一味も三崎屋に押し入ることはないとの読みがあったのである。

今夜は、三日ぶりに源九郎と菅井がいっしょに警備に来ていた。そうしたこともあって、菅井はさっそく源九郎をさそって将棋を始めたのである。

「菅井、聖天一味のふたりの武士だがな」

源九郎が言った。菅井が、将棋盤を睨んだままなかなか次の手を指さないので、話しかけたのである。

「ふたりの武士が、どうした」

菅井が苛立《いらだ》ったような声で訊いた。

「ふたりとも、牢人らしいぞ」

源九郎は、昨夜、孫六から、聖天一味のなかに総髪の牢人がいるらしいと聞いていたのである。

孫六は平太とふたりで何度か茅町に出かけ、滝造の身辺を洗ったようだ。その結果、滝造が、総髪の牢人といっしょに歩いているのを見た者が何人かいることが分かったらしい。

「うむ……」

菅井は何も言わず将棋盤を睨んでいる。

「おい、菅井、おれの話を聞いているのか」

源九郎がそう言ったとき、

「とるしかないな」

菅井が低い声で言った。

「捕るといっても、相手の名も塒《ねぐら》も分からんのだぞ」

「これだよ」

言いざま、菅井が王を動かして歩をとった。

「なんだ、将棋か」

長考していた割には、まずい手だった。不利な局面の打開になるどころか、王の逃げ道を自分でふさぐことになる。

「ならば、こうだ」

源九郎は、すぐに王の後ろに金をはった。王手である。しかも、王は前に逃げるしか手がなくなった。あと、七、八手でつむのではあるまいか。

「うむ……」

菅井が低い唸り声を上げた。顔が紅潮して赭黒《あかぐろ》く染まり、顎のしゃくれた顔が般若《はんにゃ》のようである。

「まだ、この手がある！」

菅井が声を上げ、王を指先でつまんで、パチリと指した。何のことはない。ただ、王を前に逃がしただけである。

「次は、こうだな」

源九郎は、角を動かした。王手である。

「……！」

菅井が、腕組みをしたまま身を硬くした。どうやら、つんだことに気付いたようだ。

「終わったな」

源九郎が口許に笑みを浮かべて言った。

「ならば、もう一局！」

すぐに、菅井は駒を並べ始めた。

「まだ、やるのか」

すでに、二番やっている。源九郎の二勝である。

「華町、まだ始めたばかりではないか。それに、おれは、勝敗が五分になるまでやめんからな」

菅井が、当然のような顔をして言った。

源九郎は胸の内で、それでは、いつになっても終わらんではないか、と思ったが、黙っていた。適当に負けてやって、勝負を切り上げればいいのである。

あらためて駒を並べ終え、ふたりが五、六手指したとき、

「源九郎、お熊のところに猪八がいるな」

と、菅井が世間話でもする口調で言った。

「ああ……」

源九郎が、猪八に意見して十日ほど過ぎていた。その後、お熊から、猪八はまだ遊び歩いているが、お熊や助造に盾突くようなことはなくなったと聞いていた。

「両国広小路で、猪八を見かけたぞ」

そう言いながら、菅井が歩を前に進めた。角道をあけたのである。まだ、序盤

なので、考え込むようなことはなかった。

「猪八は、何をしていたのだ」

源九郎が訊いた。猪八の姿を見掛けただけなら、菅井が話題にすることはないはずである。

「遊び人らしい男と歩いていた」

菅井が言った。

「長屋の者ではないのだな」

「そうだ。……長屋近くでは、見かけん男だ。あんな男と遊び歩いているようでは、そのうち猪八も長屋にいられなくなるぞ」

菅井も、猪八が長屋に来てからどんな暮らしをしているか知っているようだ。

「なんとかせねばな」

そう言ったが、源九郎は猪八にこれ以上意見しても、暮らしぶりは変わらないのではないかと思った。すこし、痛い目に遭《あ》わないと、目が覚めないかもしれない。

菅井も、猪八のことはそれ以上口にしなかった。

ふたりが将棋をやめたのは、子《ね》ノ刻（午前零時）過ぎてからだった。源九郎は、眠くなったのですこし手を抜いて指し、勝敗が五分になったところで、終わりにしたのである。

その夜も、何事もなかった。聖天一味が、三崎屋を襲う気配はまったくみられなかった。

六

「ちくしょう！　まったくついてねえ」

猪八が掃き捨てるように言った。

そこは、深川今川町《いまがわちょう》にある伝蔵《でんぞう》という男が貸元をしている賭場の戸口だった。猪八は三分ほど持っていた金を博奕《ばくち》で使い果たし、文無しになって賭場を出たところである。

猪八のふところには、めしを食う銭も残っていなかった。空きっ腹をかかえ、肩を落として路地を歩いていると、

「猪八じゃァねえか」

と、後ろから声をかけられた。

振り返ると、夜陰のなかに遊び人ふうの男がひとり立っていた。三十がらみと

思われる顔の浅黒い目付きの鋭い男である。

「弥市《やいち》兄い」

猪八が声を上げた。

猪八は弥市を知っていた。三日前の晩、賭場で声をかけられた後、帰る途中で酒を飲ませてくれた男である。その後、両国広小路を歩いているとき、偶然顔を合わせ、ふたりで近くのそば屋に入り、身の上話などをしたのである。

菅井が、両国広小路で猪八の姿を見かけたのは、このときである。

「猪八、どうした。目は出たかい」

弥市は、猪八と肩を並べて歩きだした。

猪八は気付かなかったが、弥市も賭場にいたのかもしれない。

「それが、まったく目が出ねえんで……」

猪八は首をすくめながら言った。

「どうだい、また、一杯やってくかい」

「それが……」

猪八の巾着《きんちゃく》はからだった。酒は飲みたかったが、いつも弥市に金を出してもらうわけにはいかなかった。

「銭ならあるぜ」

「いつも、兄いに面倒をみてもらうわけにはいかねえ」

「いいってことよ。おれについてきねえ」

弥市は先に歩き、路地から表通りに出た。

一町ほど歩くと、四辻の角に一膳めし屋があった。まだ、男たちが飲み食いしているらしく、男の濁声《だみごえ》や哄笑《こうしょう》などが聞こえてきた。

「ここだよ」

弥市は猪八を連れて店に入ると、土間に並べられた飯台がひとつだけあいていたので、そこに腰を下ろした。

「肴《さかな》は何にする」

弥市が訊いた。

「あっしは、なんでも……」

猪八は肩をすぼめ、消え入りそうな声で言った。ひどく肩身が狭かった。賭場で知り合っただけの男に、何度も飲み食いさせてもらうことになるのだ。

弥市は注文を訊きにきた親爺に、酒と肴を頼んだ。肴は板壁に張ってあった御品書を見て、漬物と煮魚にした。煮魚は鰈《かれい》とのことだった。

酒がとどくと、弥市がすぐに銚子をとり、

「一杯、やってくれ」

と言って、猪八の猪口《ちよく》に酒をついでやった。

「すまねえ」

猪八は首をすくめながら猪口を手にしている。

「猪八、おめえ、賭場で負けたんじゃァ、ふところがさびしいんじゃァねえのかい」

弥市が、小声で訊いた。

「兄いの前じゃァ言いづれえが、空っ穴なんでさァ」

猪八が照れたような顔をして言った。

「それじゃァ、おめえ、しばらく手慰みもできねえじゃァねえか」

「へえ、銭を稼がねえと、どうにもならねえんで……」

猪八は、お熊にすこし借りようと思っていたが、それを言い出しづらかった。

また、怒鳴られそうである。

「そいつは、かわいそうだ」

弥市はふところから巾着を取り出すと、一分銀をふたつ取り出し、

「目が出たとき、返《けえ》してくんな」

と言って、猪八の手に握らせた。

「あ、兄い、すまねえ」

猪八は一分銀を握りしめた手を額に当て、拝むようにして頭を下げた。

「いいってことよ」

弥市は、口許に薄笑いを浮かべて言った。

それからふたりは、いっとき声をひそめて賭場の話をしたが、

「ところで、猪八、おめえ錺職だそうだな」

と、弥市が声をあらためて訊いた。

「へい、餓鬼のころから錺職の親方に奉公してやした」

「そうかい。……この前、話したとき、錠前まで作ったことがあると聞いたんだが、錺職が錠前を作ることがあるのかい」

弥市が声をひそめて訊いた。

「あっしは、こまかい細工のある物を作るのが好きでしてね。……工夫していろいろ作りやした」

猪八が、得意そうな顔をした。

「それなら、錠前のことはよく分かってるな」

「そりゃァまあ、錠前を作る前《めえ》に、いくつも壊してなかがどうなってるか調べやしたからね」

「おめえなら、錠前の合鍵が作れそうだな。……実は、おれの持ってる錠前の鍵がなくなっちまってな。合鍵が作りてえんだが、おめえできるかい」

「錠前を貸してもらえりゃァ、合鍵なんぞわけねえ」

「おめえに頼むか」

「兄いのためなら、すぐにやりやすぜ」

猪八が身を乗り出すようにして言った。

「そいつは、ありがてえ。……近いうちに、賭場に顔を見せてくれ。そんとき、持ってくらァ」

そう言って、弥市が薄笑いを浮かべた。ただ、猪八にむけられた目は笑っていなかった。近付いてくる獲物にむけられた蛇《くちなわ》のようなひかりを宿している。

# 第三章　罠

## 一

「華町、でかけるか」

腰高障子の向こうで、菅井の声がした。

「すぐ、行く」

源九郎は、慌てて土間に下りた。

腰高障子をあけると、菅井と茂次が立っていた。今日は、三人で三崎屋へ行くことになっていたのだ。

菅井に目をやると、ふところが膨らんでいた。将棋の駒の入った木箱が、ふところに入っているらしい。将棋盤は三崎屋に置いたままだが、駒は持ち帰っているのだ。

「また、将棋か」

源九郎が渋い顔をすると、

「楽しみだな」

菅井は薄笑いを浮かべて言った。

「……」

楽しみなものか、と源九郎は言いかけたが、黙っていた。源九郎の胸の内にも長い夜を過ごすには、将棋も悪くないとの思いがあったのである。

茂次は、口許に薄笑いを浮かべただけで何も言わなかった。茂次も、菅井が将棋好きなのを知っていた。

三人は、路地木戸をくぐって路地に出た。七ツ半（午後五時）ごろであろうか。陽は西の空にまわっていたが、淡い夕日が表店《おもてだな》の間から路地に射し込み、路上にひかりと影のぼんやりした縞《しま》模様を刻んでいた。その路地を、ぼてふり、長屋の女房らしい女、遊びから帰る子供たちなどが長い影を曳《ひ》いて行き交っている。いつも見慣れた夕暮れ時の光景である。

源九郎たちは路地を抜け、竪川沿いの道へ出た。そして、一ツ目橋を渡り、大川沿いの道を川下にむかって歩いた。

三人が、御舟蔵の裏手まで来たとき、

「華町、後ろのふたり、尾《つ》けているようだぞ」

菅井が源九郎に身を寄せて言った。

「そのようだな」

源九郎も気付いていた。

一ツ目橋を渡るときから、半町ほど後ろを歩いてくるうろんな武士がふたりいたのだ。ふたりとも牢人体だった。総髪で、大刀を一本だけ落とし差しにしている。

ふたりの男は、一見して無頼牢人と知れる雰囲気を身辺にただよわせていた。そのふたりが、いまも半町ほどの間隔を保ったままついてくるのだ。

「茂次、後ろのふたりだが、何者か分かるか」

源九郎が小声で訊《き》いた。

「いえ、ふたりとも、初めて見る顔でさァ」

「そうか」

源九郎の胸に、聖天一味のふたりの武士のことがよぎった。聖天一味が、三崎屋の警備にあたっている源九郎たちのことを知り、押し入る前に斬殺するつもりで狙っているのではあるまいか。

「なに、相手がふたりなら、どうにでもなる」

菅井が低い声で言った。

「そうだな」

源九郎も、ふたりが仕掛けてくれれば、迎え撃つつもりになっていた。

源九郎たちは歩調も変えずに、川下にむかって歩いた。御舟蔵の脇から新大橋のたもとに出たとき、源九郎はそれとなく振り返ってみた。まだ、ふたりの牢人は、源九郎たちの跡を尾けてくる。

源九郎たちが小名木川にかかる万年橋を渡り終え、左手におれて小名木川沿いの道を歩き始めたとき、

「旦那、やつら、間をつめてきやすぜ」

茂次が、小声で言った。

見ると、背後のふたりは小走りに橋を渡って左手におれると、源九郎たちとの間をつめてきた。

この辺りは海辺大工町で、小名木川沿いにひろがっている。三崎屋は小名木川

沿いに店を構えていた。

「おい、この道の先にもいるぞ」

菅井が言った。

小名木川沿いの道に、人影があった。川岸の桜の樹陰に身をひそめている。牢人体である。大柄な男だった。小袖に袴姿で、大刀を落とし差しにしている。遠目にも、無精髭や月代《さかやき》が伸びているのが見てとれた。

牢人は、源九郎たちの姿を目にすると、ゆっくりとした足取りで通りのなかほどに出てきた。

背後のふたりは、さらに間をつめてきた。左手で鍔元《つばもと》を握り、すこし前屈みの格好で迫ってくる。その身辺に殺気があった。

「挟み撃ちか！」

源九郎が足をとめた。

「おれたちをここで、待ち伏せしていたようだ。……やるしかないな」

菅井が低い声で言った。

「茂次、わしらの後ろにまわれ」

源九郎がそう言い、小名木川を背にして岸際に立った。茂次の身を守り、背後からの攻撃を防ぐためである。

茂次は、すぐに源九郎と菅井の後ろにまわった。

前からひとり、背後からふたり——。ばらばらと駆け寄り、源九郎たちを取り囲むように三方に立った。

源九郎の前に立ったのは、大柄な牢人だった。眉が濃く、ギョロリとした大きな目をしている。菅井の前には、中背の牢人が立った。浅黒い肌をした目の細い男だった。もうひとりは、源九郎の左手にまわり込んできた。瘦身で、肩口に継ぎ当てがある。一見して、貧乏牢人と分かる風体だった。

近くを通りかかった船頭らしい男と、風呂敷包みを背負った行商人が、悲鳴を上げてその場から逃げだした。斬り合いになると、気付いたようだ。

「おぬしら、何者だ」

源九郎が、前に立った大柄な牢人を見すえて誰何《すいか》した。

「われら三人は、剣の修行のため、立ち合いを所望!」

大柄な牢人が、胴間声を張り上げた。

「立ち合いとな！　三人で取り囲んで、立ち合いはあるまい」

源九郎は、すばやく三人に目をやった。いずれも、道場の門弟にも廻国修行の武芸者にも見えなかった。無頼牢人そのものである。

……こやつら、何のために仕掛けてきたのだ。

源九郎は、三人が何のために仕掛けてきたか分からなかった。聖天一味のふたりではないようだ。辻斬りでも、追剥《おいは》ぎの類でもないらしい。源九郎も菅井も、どう見ても貧乏牢人である。金を持っているとは思わないはずだ。

「問答無用！」

言いざま、大柄な牢人が抜刀した。

すると、他のふたりも次々に刀を抜き、源九郎と菅井に切っ先をむけてきた。

「華町、やるしかないようだぞ」

菅井が言った。

左手で刀の鯉口を切り、右手を柄《つか》に添えた。居合の抜刀体勢をとったのである。

「やむをえぬ」

源九郎も刀を抜いた。

源九郎は青眼に構えると、切っ先を大柄な牢人の目線につけた。腰が据わり、隙のない見事な構えである。

源九郎の全身に気勢が満ち、背筋が伸びて体が大きくなったように見えた。顔もひきしまっている。老いてはいたが、源九郎は鏡新明智流の遣い手であった。

大柄な牢人が、驚いたような顔をした。源九郎が、剣の遣い手であることが分かったのであろう。

大柄な牢人は八相に構えたが、かすかに刀身が揺れていた。体が硬くなり、両腕に力が入っているのだ。

源九郎の左手にまわり込んできた男は、青眼に構えたが腰が引けていた。斬り込んでくる気配はなく、四間ほどの遠間《とおま》にとっている。

「さァ、こい！」

源九郎は、摺《す》り足で大柄な牢人との間合をつめ始めた。

大柄な牢人は、すぐに後じさった。顔がこわばっている。立ち合いを挑んだくせに、始めから逃げ腰である。

そのとき、菅井が踏み込み、鋭い気合とともに抜き付けた。

迅《はや》い！

シャッ、という刀身の鞘ばしる音とともに、閃光《せんこう》が袈裟《けさ》にはしった。

菅井と対峙《たいじ》していた中背の牢人が、ヒッ、と悲鳴を上げて後ろに飛退《とびすさ》ったが、一瞬、間に合わなかった。

バサリ、と男の着物が肩から胸にかけて裂けた。あらわになった肌に、かすかに血の線が浮いたが、浅手だった。

ワアッ！

男は悲鳴を上げ、その場から逃げだした。

「なんだ、あいつ、やる気があるのか」

菅井が、呆《あき》れたような顔をして逃げる男に目をやった。

これを見た大柄な牢人も、すばやく後じさり、源九郎から間合を取ると、

「勝負は、これまでだ！」

と叫んで、逃げだした。

もうひとり、源九郎の左手にいた男も反転し、逃げるふたりの後を追って駆けだした。三人が前後して、大川の方へ逃げていく。

「どういうことだ……」

源九郎は、首をひねりながら逃げる男たちに目をやっていたが、

「茂次、来てくれ」

と、声をかけた。

「なんです？」

すぐに、茂次が駆け寄ってきた。

「どうにも、腑に落ちぬ。すまぬが、あの三人の跡を尾けてな、行き先をつきとめてくれ。……ひとりでいいぞ」

源九郎は、三人の牢人がなにゆえ源九郎たちを襲ったのか、その理由が知りたかったのだ。

「へい」

と応え、茂次は逃げる三人の後を追って駆けだした。

小名木川沿いの表店の脇に、立っているふたりの武士がいた。ふたりは、三十間ほど離れた場所にいる源九郎たちに目をむけている。

ひとりは長身で、羽織袴姿だった。もうひとりは痩身で、小袖に袴姿である。ふたりとも網代笠《あじろがさ》をかぶっていたが、手で笠の端をつかんで持ち上げ、源九郎たちと三人の牢人の斬り合いの様子を見ていた。

「ふたりとも、なかなかの遣い手だな」

長身の武士が言った。

「あのふたりが、三崎屋に寝泊まりしているのだな」

と、痩身の武士がくぐもった声で訊いた。

「そのようだ」

「どうする、三崎屋に押し入るのか」

痩身の武士が、笠から手を離して訊いた。

「無理をすることもあるまい。利根屋のこともあるからな。それに、三崎屋に押し入る前に、ひとりずつ斬る手もある」

長身の武士も、笠から手を離した。

「それがいいな」

痩身の武士が言った。

ふたりの武士は、源九郎たちが離れて行くのを見てから大川の方にゆっくりと歩きだした。

## 二

翌朝、源九郎と菅井は、三崎屋で用意してくれた朝餉《あさげ》を食べ終え、あるじの東五郎に声をかけてから店を出た。

　店先で茂次が待っていた。昨夕、茂次は逃げる三人の牢人の跡を尾けていき、そのまま三崎屋には顔を出さなかったのである。

「茂次、朝めしは？」

　源九郎が訊いた。

「長屋で、食ってきやした」

　どうやら、茂次は三人の跡を尾けた後、はぐれ長屋に帰ったらしい。遅くなったからだろう。

「では、歩きながら話すか」

「へい」

　三人は、小名木川沿いの道を大川の方にむかって歩きだした。ともかく、はぐれ長屋に帰るつもりだった。

「それで、何か知れたか」

　源九郎が訊いた。

「三人のうちのひとりの塒《ねぐら》が、知れやした」

　茂次によると、三人の牢人は大川端まで逃げ、二手に分かれたという。大柄な牢人は川上にむかい、他のふたりは川下に足をむけた。

「あっしは、ふたりの方を尾けやした」

茂次が言った。

ふたりの牢人は、仙台堀にかかる上ノ橋を渡った先で、また二手に分かれた。ひとりはそのまま大川端の道を川下にむかい、もうひとりは左手におれて、仙台堀沿いの道を東にむかった。

茂次は上ノ橋を渡ると、すぐに左手におれた。仙台堀沿いの道に入った牢人を尾けようと思ったのだ。それというのも、その牢人が菅井に斬られた男だったので、裂けた着物がいい目印になったし、今夜のところはまっすぐ自分の塒に帰るとみたからである。

牢人は仙台堀沿いの道を数町歩いた後、道沿いの路地木戸をくぐった。そこは今川町で、路地木戸の先には棟割り長屋があった。

「やつの塒は、その長屋でさァ」

と、茂次が言い添えた。

「どうだ、これからその長屋に行ってみるか」

源九郎が歩きながら言った。

ここから、今川町まで近かった。その牢人が長屋の住人なら、いまもいるはずである。

「早い方がいいな」

菅井も、すぐに同意した。

源九郎たち三人は、大川端へ出ると、川下に足をむけた。そして、仙台堀にかかる上ノ橋を渡るとすぐ、

「こっちですぜ」

と言って、茂次が先にたった。

仙台堀沿いの道を東にむかって数町歩くと、茂次が足をとめ、

「その路地木戸の先でさァ」

と言って、春米屋《つきごめや》の脇にある路地木戸を指差した。

「どうだな、長屋に踏み込む前に、その米屋で話を聞いてみるか」

牢人の名も分からなかったので、長屋にいきなり踏み込んでも、家を探すのに手間どるのではないか、と源九郎は思ったのだ。

「あっしが、訊いてみやすよ」

すぐに、茂次が春米屋にむかった。

源九郎と菅井は、路傍に残った。この場は茂次にまかせようと思ったのである。

茂次は、春米屋の店先からなかを覗いて声をかけた。すると、前だれをかけた年配の男が出てきた。店の親爺らしい。

茂次は親爺らしい男と何やら話していたが、親爺が店先から引っ込むと、小走りに源九郎たちのところにもどってきた。

「牢人の名が、知れやしたぜ。木島宗兵衛《きじまそうべえ》だそうで——」

茂次が親爺から聞いたことによると、長屋の名は島右衛門店《とうえもんだな》で、牢人はひとり
しか住んでいないので、すぐに分かったという。

「よし、行ってみよう」

源九郎たち三人は、路地木戸をくぐった。

路地の木戸の先に、井戸があった。井戸端で、長屋の女房らしい女がふたり洗
濯をしていたので、

「すまぬが、木島どのの家はどこかな」

と、源九郎が笑みを浮かべて訊いた。

ふたりの女は怪訝《けげん》な顔をして源九郎たちを見たが、

「その稲荷の脇の棟の、二つ目ですよ」

と、細面の女が答えた。源九郎が年寄りだったし、物言いもおだやかだったので、悪い男ではないと思ったようだ。

「手間をとらせたな」

源九郎がふたりの女に礼を言って、その場を離れた。茂次と菅井は、黙ってついてきた。

稲荷の脇の棟まで行くと、源九郎たちは足をとめ、ふたつ目の家に目をむけた。腰高障子が破れ、風に揺れている。

「行ってみよう」

源九郎たちは足音を忍ばせて、腰高障子に近寄った。

腰高障子の破れ目からなかを覗くと、座敷のなかほどに胡座《あぐら》をかいている男の姿が見えた。木島らしい。小袖の胸のあたりが裂けている。昨夜の衣装のままらしかった。男の膝先に湯飲みが置いてあった。茶でも飲んでいたようだ。

「いるぞ」

源九郎が小声で言い、菅井と茂次に目配せした。踏み込む、という合図である。

ガラッ、と源九郎が腰高障子をあけはなった。

すぐに、源九郎と菅井が土間に踏み込んだ。茂次だけは戸口に残り、周囲に目をくばっている。

「う、うぬらは！」

木島が目を剝《む》き、凍りついたように身を硬くした。

「また、顔を合わせたな」

菅井が、刀の柄に右手をかけた。

ヒッ！と、悲鳴を上げ、木島は四つん這《ば》いになって座敷の隅に逃れようとした。

すかさず、菅井は抜刀すると、座敷に踏み込んで切っ先を木島の首筋につけた。素早い動きである。

「動くと、首を落とすぞ！」

菅井が木島を睨みつけた。

「よ、よせ……」

木島が四つん這いになったまま声を震わせて言った。

源九郎も座敷に上がり、木島の脇に膝を折ると、

「ともかく、そこに座れ。そんな格好では話もできまい」

と、おだやかな声で言った。

「……」

木島は身を起こすと、源九郎の前に座った。顔が紙のように蒼ざめ、小刻みに身を顫《ふる》わせている。

三

「おぬしら三人は、わしらに恨みでもあったのか」

源九郎が声をあらためて訊いた。

「恨みはない……」

「では、なにゆえ、襲ったのだ。わしらのふところを狙ったとは、思えんが」

「頼まれたのだ」

すぐに、木島が答えた。隠す気はないようだ。

「だれに、頼まれた」

「名は知らぬが、ふたりの武士だ」

木島が話しだした。

一昨日、木島は佐賀町の一膳めし屋で、顔見知りの小出十兵衛《こいでじゅうべえ》と森川重蔵《もりかわじゅうぞう》の三人で酒を飲んでいたそうだ。小出と森川は、源九郎たちを襲った三人のなかのふたりだという。

すると、隣の飯台に腰を下ろして酒を飲んでいたふたりの武士が、木島たちに声をかけ、

「貴公たち三人に、頼みがあるのだがな」

と、ひとりの武士が切り出した。

その武士は長身で羽織袴姿だった。御家人か江戸勤番の藩士のように見えた。もうひとりは、痩身で総髪、牢人体だったという。

「われらふたりは、ゆえあってふたりの武士と立ち合わねばならぬが、相手の腕のほどが分からんのだ。……それで、三人で立ち合いを挑んでみてはくれんか。なに、相手に刀を抜かせれば、それでいいのだ」

長身の武士が言った。

「どういうことだ？　相手に刀を抜かせるだけで、腕のほどが分かるのか」

小出が訊いた。

「ともかく、相手の構えや動きを見れば、いいのだ」

「妙な頼みだな」

小出が腑に落ちないような顔をして言った。

その場にいた木島も、腑に落ちなかった。相手に刀を抜かせるだけなら、自分たちでやればいいのではないかと思ったのだ。

「立ち合うときまで、おれたちの顔を見せたくないのだ。どうだ、ひとり五両出すが――。三人で十五両だ」

長身の武士が言った。もうひとりの牢人体の男は、酒を飲みながら黙って聞いているだけである。

「刀を抜かせるだけで、五両か」

小出が目をひからせて言った。

「どうだ、やるか」

長身の武士が訊いた。

「よかろう、おれはやる」

小出が言うと、木島と森川もすぐに承知した。理由はともかく、相手に刀を抜かせるだけで、五両なら悪くない稼ぎである。

「そういうわけで、引き受けたのだ」

木島が首をすくめて言った。

「おれたちのことは、そのふたりが話したのか」

菅井が訊いた。

「一膳めし屋で会ったとき、おぬしらふたりの人相と年格好などを聞いていたのだ。それに、夕刻、本所から大川端を通って海辺大工町に行くので、そのとき、仕掛けてくれとも言われていた」

「おぬしたちに頼んだふたりの男だが、初めて一膳めし屋で会ったのか」

源九郎が念を押すように訊いた。

「そうだ」

「うむ……」

源九郎は、木島たちがなぜ襲ったのか事情が知れた。ふたりの武士が、源九郎と菅井の腕のほどを見極めるためである。

「木島、五両では安過ぎるぞ。もうすこしで、おまえの首が飛ぶところだったのだ」

そう言って、菅井は刀を鞘に納めた。

「小出と森川にも、言っておけ。今度、わしらに手を出せば、命はないとな」

源九郎が語気を強くして言うと、木島は、

「わ、分かった」

と言って、頭を垂れた。

源九郎と菅井は、腰高障子をあけて外に出た。戸口で、茂次が待っていた。茂次に、木島とのやり取りは話さなかった。もっとも、家のなかのやり取りは、茂次の耳にもとどいていただろう。

源九郎たち三人は、仙台堀沿いの道を大川にむかって歩いた。

「華町、木島たちに頼んだふたりの武士だが、何者かな」

歩きながら、菅井が訊いた。

「名は分からないが、見当はつく」

源九郎が小声で言った。

「何者だ」

菅井が声を大きくして訊いた。茂次も、源九郎に顔をむけている。

「わしらの腕を知りたがっているふたりの武士といえば、聖天一味しかおるまい」

「やはり、そうか。おれも聖天一味のふたりとみていたのだ」

菅井が目をひからせて言った。

「聖天一味は、わしらが三崎屋に寝泊まりしていることを知って、腕のほどを確かめたのだな」

源九郎がそう言うと、

「聖天一味は、三崎屋に押し入る魂胆ですかい」

と、茂次が訊いた。

「押し入ってくるかどうか分からんが、三崎屋を探ったことはまちがいないな」

聖天一味は三崎屋に押し入る前に、源九郎と菅井の命を狙ってくるのではあるまいか。警備のために寝泊まりしている源九郎たちを始末しておいてから押し入れば、犠牲者を出さずにすむのである。

源九郎がそのことを菅井に話すと、

「聖天一味を始末しないと、うかうか夜も出歩けないな」

と、菅井が渋い顔をして言った。

## 四

腰高障子の向こうで、足を引きずるような音がし、ハァ、ハァと荒い息が聞こえた。

お熊は、身を硬くして戸口に目をやった。そばにいた助造も、目を剝いて戸口を見つめている。

すでに、町木戸のしまる四ツ（午後十時）を過ぎていた。座敷の隅に置かれた行灯《あんどん》の灯《ひ》が、お熊と助造の不安そうな顔をぼんやりと照らしている。ふたりは、猪八が帰ってくるのを待っていたのだ。

「だ、だれか、来たよ」

お熊が、声を震わせて言った。

足音と荒い息は、腰高障子の向こうでとまった。

「い、猪八じゃァねえのか」

助造の声も震えを帯びていた。

ゴトゴトと、重いひびきをたてて、腰高障子があいた。姿を見せたのは、猪八だった。

ひどい格好をしている。元結《もとゆい》が切れて、ざんばら髪だった。着物の襟元がはだけて、胸や腹があらわになっている。

猪八は苦しげに顔をゆがめ、腰高障子の桟につかまりながら、土間へ入ってきた。瞼が腫《は》れ上がり、額に青痣《あおあざ》ができている。だれかに、打擲《ちょうちゃく》されたのかもしれない。

「い、猪八、どうしたんだい！」

お熊が、声を詰まらせて訊いた。お熊の顔も、ひき攣《つ》っている。

「ど、どうもしねえよ……」

猪八は顔をしかめ、声を震わせて言った。

「い、猪八、殴られたのか」

助造が、上がり框《がまち》まで出てきて訊いた。助造の声も、震えをおびている。

「殴られたんじゃァねえ。転んで、顔を打っちまったんだ。……おれに、かまわねえでくれ」

猪八は助造を押し退《の》けるようにして座敷に這って上がると、部屋の隅に立ててある枕屏風の陰にまわった。そして、荒々しく夜具を延べて、汚れた着物のままもぐり込んでしまった。

「い、猪八、何か言ったらどうだい！……あたしら心配して、おまえが帰ってくるのを待ってたんだよ」

お熊が怒りに声を震わせて言ったが、顔はいまにも泣き出しそうにゆがんでいた。助造もこわばった顔で、上がり框近くにつっ立ったまま枕屏風を睨んでいる。

「い、猪八、何があったんだい。……あたしに、話しておくれよ」

お熊が、泣き声で言った。

「……うるせえ！　おれのことなんか、ほっといてくれ！」

掻巻《かいまき》のなかから、猪八の怒鳴り声が聞こえた。

その夜、お熊は座敷に敷いた夜具に横たわったが、ほとんど眠れなかった。猪八も眠れないらしく、枕屏風の向こうから夜通し、苦しそうな呻《うめ》き声を上げていた。呻き声だけでなく、ときおり、「……もう、どうにもならねえ。殺される」「やるしかねえ」「金は返せねえ」などという喚《わめ》き声が、お熊の耳にとどいた。

助造も、眠れないようだった。しきりに寝返りを打ったり、ぶつぶつ何か言っていたが、明け方近くになってやっと眠ったらしく、鼾《いびき》が聞こえてきた。

腰高障子が白んできた。夜が明けてきたらしい。

長屋のあちこちから、腰高障子をあけしめする音や水を使う音などが聞こえてきた。朝の早いぼてふりや出職の職人の家などが起きだしたらしい。

お熊は、夜具に横になったまま目をとじていた。目は覚めていたが、起き上がる気になれなかった。脇で、助造の鼾が聞こえた。いつもなら目の覚めるころだが、まだ眠っている。明け方近くになって眠ったため、目が覚めないのだろう。

猪八は、目を覚ましているようだった。寝息も呻き声も聞こえなかった。ときどき、寝返りを打ったり、夜具を動かす音が聞こえるだけである。

「猪八、起きてるのかい」

お熊が、声をひそめて言った。

「……………」

猪八は何も言わなかった。

「昨夜、何かあったのかい」

お熊が訊いた。

「なにもねえ」

小声だが、猪八の声には苛立《いらだ》ったようなひびきがあった。

「おまえ、だれかに殴られたんじゃァないのかい」

「……つまずいて、転んだんだ」

「痛くないのかい」

「痛かねえ……」

「だって、おまえ、ひどく腫れてたよ」

「……姉《ねえ》ちゃん」

猪八が、小声で言った。猪八は二十三にもなるが、まだ、お熊とふたりだけになると、子供のころのように、姉ちゃんと呼んでいる。

「なんだい」

「銭はねえか」

「ぜ、銭って、どれほどだい」

お熊は、百文ぐらいなら何とか都合してやってもいいと思った。

「五十両、都合つかねえかな。……何とか、働いて返すから」

「ご、五十両だって！　そんな大金、家中の物を売り払ったって出せやァしないよ」

お熊が、目を剥いて言った。

「いくらなら、出せるんだよ」

「百文なら……」

「百文だと、話にならねえ。……やっぱり、やるしかねえか」

猪八の低い声に、苦しげなひびきがあった。

「おまえ、何をやる気だい」

「……姉ちゃんは、知らねえ方がいい」

そういうと、猪八が立ち上がった。そして、夜具を二つに折り重ねると、はだけた襟元を合わせながら、枕屏風の陰から出てきた。

「猪八、どこへ行くんだい」

お熊が、身を起こした。

「金の工面をしてみるんだよ」

そう言い残し、猪八は腰高障子をあけて出ていった。

お熊は身を起こしたまま、明らんできた腰高障子に目をやった。猪八の足音は、すぐに聞こえなくなった。助造の低い鼾だけが、聞こえてくる。まるで、傷付いた獣の呻き声のようである。

五

「華町の旦那……」

腰高障子の向こうで、お熊の声が聞こえた。ひどく、沈んだ声だった。声を聞いただけで、消沈しているのが分かる。

「お熊、入ってくれ」

源九郎は、湯飲みを膝の脇に置いて言った。

めずらしく、源九郎は自分で炊いためしで朝餉を食べ、茶を飲んでいたところだった。

腰高障子が重いひびきをたてて、ゆっくりとあき、樽のように太ったお熊が、ぬうっと入ってきた。お熊は肩を落とし、うなだれていた。顔が苦悶《くもん》にゆがんでいる
「お熊、どうした」

源九郎は、膝先を土間にむけて訊いた。

「猪八の様子が、おかしいんだよ」

お熊はうなだれたまま土間につっ立っている。

「ともかく、腰を下ろせ」

そう言って、源九郎は上がり框近くに膝を寄せた。

お熊は上がり框に腰を下ろし、

「昨夜、猪八が血まみれで帰ってきたんだよ」

と、心配そうな顔をして言った。猪八は血まみれではなかったが、お熊にはそう見えたのだ。

「喧嘩でもしたのか」

源九郎は、猪八が酔って喧嘩でもしたのではないかと思った。

「猪八は、転んだと言い張ってるけど、あの傷は転んでできたものじゃァないよ」

お熊によると、猪八は瞼が腫れ、額に何かで叩かれたような青痣ができていたという。

源九郎は、やはり、喧嘩だな、と思ったが、そのことは言わず、

「それで、猪八は、いま家にいるのか」

と、訊いた。猪八の傷がどの程度か分からないが、お熊の様子はただごとではなかった。猪八が家にいるなら、本人に様子を訊いてみようと思ったのである。

「今朝、出ていっちまったんだよ」

「うむ……」

「で、出ていく前に、あたしに五十両貸してくれって言ったんですよ」

お熊が、声をつまらせて言った。

「五十両だと、大金だな。それで、貸してやったのか」

「あたしに、五十両なんて大金は出せないよ」

「それで、猪八は五十両を何に使うと言っていたのだ」

源九郎は、博奕《ばくち》ではないかと思ったが、それにしても五十両は多い。それに、博奕の金を借りるなら五十両などという大金をいきなり口にせず、五両ほどとか二、三両とか言うのではあるまいか。

「それが、あたしは知らない方がいいって言ってね、何に使うか口にしなかったんだよ」

「……」

博奕ではないかもしれない、と源九郎は思った。

「それに、昨夜、譫言《うわごと》のように気になることを言ってて……」

お熊の語尾が震えた。

「なんと言ったのだ」

「殺されるとか、やるしかねえとか」

「殺されるとな」

どうやら、猪八はだれかに脅されているようだ。五十両の金を要求されているのであろう。

「ねえ、旦那、猪八を助けてやって――。猪八は、わたしのたったひとりの肉親なんだから」

お熊が泣き声で、両親が死んでしまったので、残っている肉親は弟の猪八だけだと話した。

「うむ……」

源九郎は、猪八の性根をなおすのはむずかしいと思った。猪八から、五十両脅し取ろうとしている相手をつきとめて始末をつけても、猪八の遊び癖がなおり、働くようにならなければ、また同じような面倒を引き起こすだろう。

「華町の旦那」

お熊が声をあらためて言った。

「旦那たちは、勾引《かどわか》された娘を助けたり、金を強請《ゆす》り取ろうとした悪いやつを懲らしめたりしてましたよね」

「まァな」

「あ、あたしの弟も、助けて……」

お熊の声は、震えを帯びていた。

「あたしには、旦那たちに渡す金がないから——。こ、これを、代わりに取ってくれないかね」

お熊は、ふところから簪《かんざし》を取り出した。

「簪ではないか」

源九郎は簪を手にした。見事な向差簪《むかいざし》だった。銀で作った蛇《じゃ》の目傘《め》が付いている。精巧な細工である。

「猪八が、あたしに作ってくれたんですよ。……ご、五年ほど前に、いつも姉ちゃんに面倒ばかりかけているからって言ってね。あたしの、たったひとつの宝物なんだよ。……旦那、これで、猪八を助けてやっておくれ」

お熊は体を顫わせ、涙声で言った。

「分かった。お熊、わしら長屋の者みんなで、猪八を助けてやる。……お熊、思い詰めるなよ。きっと、猪八はまっとうになる」

源九郎は、簪を見て、猪八の錺《かざり》職《しょく》の腕は相当なものだと思った。それに、お熊と同じように心根のやさしい男のようだ。

「ところで、助造はどうした」

源九郎は、お熊の亭主の助造のことも気になった。

「仕事に出かけたけど……」

お熊は、困惑したように顔をゆがめた。

「お熊、助造も気をもんでいるはずだ。……猪八はわしらにまかせて、あまり助造の手をわずらわせないようにしてやれ」

このままでは、お熊と助造の仲が壊れるのではないか、と源九郎は心配になったのだ。

「そうするよ」

お熊は腰を上げると、「猪八を頼みます」と言って、源九郎に掌《て》を合わせた。

そして、うなだれたまま戸口から出ていった。

源九郎は蛇の目傘の向差簪を手にしたまま、

……すぐに、手を打たねばならんな。

と、胸の内でつぶやいた。


三崎屋に行く前、源九郎の家に六人の男が顔をそろえた。源九郎、菅井、孫六、茂次、三太郎、平太である。源九郎が、菅井たちを集めたのである。

男たちの前には、湯飲みと酒の入った貧乏徳利が置いてあった。源九郎が用意したのだが、あまり湯飲みに手を伸ばす者はいなかった。酒好きの孫六だけが、ときおり湯飲みを手にして喉を鳴らしている。

源九郎は、お熊から聞いた猪八のことをかいつまんで話した後、

「猪八をこのままにしておくと、お熊が心配しているとおり、猪八は殺されるかもしれん」

と、言い添えた。

「お熊には、おれたちも世話になってるからな。放ってはおけないな」

菅井が、口をはさんだ。

「これはな、お熊が、猪八を助けるためにおれたちにくれた物だ」

そう言って、源九郎はふところから蛇の目傘の簪を取り出した。

「簪ですかい」

平太が、驚いたような顔をした。

「細工が、いいじゃァねえか。腕のいい錺職が、作った物だぜ」

茂次が言った。茂次は刀の研師《とぎし》なので、錺職の腕のほどが分かるのだろう。

「これは、お熊にとって、千両でも二千両でも買えない大事な宝物なのだ」

源九郎は、お熊から聞いたことをそのまま話した。

「これをもらうわけにはいかないが、お熊の気持ちだけは、いただいておこう」

源九郎は、始末がついたらお熊に返すつもりだった。

「泣かせる話じゃァねえか」

そう言って、孫六が洟《はなみず》をすすり上げた。年寄りのせいもあって、孫六は情に脆《もろ》くなっているようだ。

「わしからも、みんなに頼む」

源九郎が、男たちに目をやって言った。

「旦那、やりやすぜ」

茂次が声を上げると、他の男たちも顔をひきしめてうなずいた。

六

三太郎と平太は、源九郎の家の土間にいた。障子の破れ目から、斜向《はす》かいにあるお熊の家の腰高障子に目をやっている。ふたりは、猪八が出てくるのを待っていたのだ。源九郎の姿はなかった。まだ、三崎屋からもどっていなかったのである。

源九郎たち六人が集まって、猪八のことで相談したとき、

「華町の旦那、あっしが猪八を尾けてみますよ」

と、三太郎が言い出した。これまで、三太郎は三崎屋の件であまり働いてなかったので気にしていたようだ。

三太郎がそう言うと、平太も猪八を尾けてみたいと口にし、ふたりでやることになったのである。

早朝だった。明け六ツ（午前六時）ごろである。長屋は、朝の喧騒につつまれていた。家々から、腰高障子をあけしめする音や、母親の子供を叱る声、赤子の泣き声、亭主のがなり声などが聞こえてくる。すでに、朝の早いぼてふりや出職の職人などは、朝めしを食い、長屋から出かけていた。

それから、小半刻（三十分）ほどして、助造が出てきた。顔には怒りの色があったが、ひどく消沈しているように見えた。肩を落とし、とぼとぼと路地木戸の方へ歩いていく。やはり、猪八のことでお熊と揉《も》めているようだ。

猪八はなかなか姿を見せなかった。三太郎と平太は辛抱強く、斜向かいの戸口に目をむけている。

助造が出ていってから、半刻（一時間）も経ったろうか。ふいに、腰高障子があいて、猪八が姿を見せた。

「猪八、どこへ行くんだい」

と、お熊の声が聞こえ、戸口まで出てきた。

「どこでも、いいじゃァねえか」

猪八は苛立ったような声で言い、足早に路地木戸の方へむかった。

お熊は戸口に立ったまま、心配そうな顔をして猪八の背に目をやっている。

そのお熊が、戸口から引っ込んだとき、

「跡を尾けるぜ」

と、三太郎が言って、土間から外に出た。

三太郎の生業《なりわい》は、砂絵描きだった。砂絵描きは、染め粉で染めた色砂を小袋に入れて持ち歩き、人出の多い寺社の門前や広小路などの隅に座り、綺麗に掃いて水をまいた地面の上に色砂を垂らしながら絵を描いて観せる大道芸である。

数年前、三太郎が長屋に越してきたときは、怠け者で仕事に行かず、家のなかでごろごろしていることが多かった。そうしたこともあって青白い顔をし、しかも面長で顎が張っていたことから、青瓢箪《あおびょうたん》などと陰で呼ばれていた。

その後、三太郎はおせつという長屋の娘と所帯を持ち、源九郎たちの仲間にくわわって探索などをするようになると、家に引きこもっていることはなくなった。まだ、顔付きは変わっていないが、陽に灼《や》けた艶《つや》のいい瓢箪のようになっている。

三太郎と平太は、猪八から半町ほど間をとって尾けた。

猪八は、長屋の路地木戸から出ると、竪川の方へ足をむけた。すこし前屈みの格好で、足を引き摺るようにして歩いていく。

竪川沿いの道に出た猪八は、東に足をむけた。竪川沿いには、町家が軒を並べていた。そこは相生町で、一丁目から五丁目まで帯状に長くつづいている。

猪八は四丁目を過ぎたところで、竪川にかかる二ツ目橋を渡った。竪川には大川に近いところから一ツ目橋、二ツ目橋、三ツ目橋と順にかかっている。

二ツ目橋を渡った先は、松井町と林町の境目だった。猪八は橋のたもとを左手におれ、林町に入った。

猪八は、尾けられているなどとは思ってもみないらしく、後ろを振り返ることはまったくなかった。

「猪八さんは、どこへ行くつもりかな」

歩きながら、平太が三太郎に訊いた。

「賭場じゃァねえだろうし……。おれにも、分からねえ」

だいぶ、陽は高くなっていたが、朝のうちからひらいている賭場はないだろう。

ふたりが、そんなやりとりをしていると、前を行く猪八が川沿いの家の前で足をとめた。仕舞屋《しもたや》である。家の脇と裏手に板塀がまわしてあった。

猪八は家の戸口に立ち、迷っているような素振りを見せたが、引き戸をあけて家に入った。

「家に入りやしたぜ」

平太が、三太郎に顔をむけて言った。

「……近付いてみるか」

ふたりは、足早に仕舞屋に近付いた。家をかこった板塀の近くまで来ると、家のなかからかすかに人声が聞こえた。くぐもったような声である。男の声であることは分かったが、何を話しているか聞き取れなかった。

「三太郎兄い、どうしやす？」

平太が訊いた。

「何を話してるか、聞きてえな」

三太郎は、どこかに身を隠して家のなかの声が聞き取れる場所はないかと思い、辺りに目をやった。

板塀に身を寄せて聞き耳をたてれば、家のなかの声が聞き取れそうだった。ただ、通りを行き来する者から、身を隠すことはできない。通行人が騒ぎ立てれば、家の住人にも知れるだろう。

「裏手にまわるか」

板塀の裏手なら、通行人の目にとまることはないだろう。板塀の脇が狭い空き地になっているので、裏手にまわることができそうだ。

ふたりは、足音を忍ばせて仕舞屋の裏手にまわった。そして、板塀に身を寄せて聞き耳を立てると、家のなかの声が聞こえてきた。

……猪八、五十両はできたのかい。

いきなり、男のとがった細い声が聞こえた。家にいた男が、猪八に訊いているらしい。

……あ、兄い、五十両は、無理でさァ。

猪八の声は震えていた。怖がっているようである。

……それじゃァ、いくら都合できたんだい。

別の男の野太い声が聞こえた。家には、男がふたりいるようだ。もっとも、ふたりの声が聞こえただけで、何人いるかは分からない。

……そ、それが、空っ穴なんで……。

猪八の声は、消え入りそうだった。

……なに！　空っ穴だと。てめえ、どの面下《つら》げて、ここへ来たんだい。

怒鳴り声がし、頰を平手で張るような音が聞こえた。

ドシン、と体が板壁にでも突き当たったような音につづいて、「か、勘弁してくれ……」という猪八の悲鳴のような声が聞こえた。

いっとき、猪八の洩《も》らす喘《あえ》ぎ声が聞こえていたが、

……猪八よ、おれたちに手を貸すしかねえなァ。そうすりゃァ、貸した金はちゃらにしてやるし、ほかに分け前がもらえるんだぜ。

細い声の男が言った。

……で、できねえ！　おれには、できねえ。

猪八が、声を震わせて言った。

……なんだと！　てめえ、殺されてえのか。

野太い怒鳴り声と同時に、ビシッ、と何かで体をたたくような音がひびいた。

つづいて、ギャッ、という悲鳴が聞こえ、どすんと尻餅でもついたような音がし

た。

……た、助けて！

猪八が悲鳴を上げた。どうやら、棒のような物でたたかれたらしい。

このとき、板塀の陰にいた平太が、猪八さんが、やられている！　と声を殺して言い、その場を離れて表にまわろうとした。家に飛び込んで、猪八を助けるつもりらしい。

「待て」

三太郎は、慌てて平太の袂をつかんだ。

「だめだ、おれとおめえじゃァ助けられねえ」

三太郎が声を殺して言い、必死になって平太を引き止めた。家のなかに、何人いるかも分かってなかった。それに、三太郎も平太も、刃物を持って闘うのは苦手である。下手に家に踏み込めば、猪八を助けるどころか、返り討ちに遭《あ》う。

「ちくしょう！」

平太は、歯嚙みして悔しがった。

「引き上げるぞ」

三太郎と平太は、すぐにその場を離れた。ともかく、家の住人が何者なのか、探ろうと思ったのである。

七

「その家の住人は、知れたのか」

源九郎が、三太郎と平太を前にして訊いた。

そこは、はぐれ長屋の源九郎の家だった。座敷には、源九郎、菅井、三太郎、平太の四人がいた。

三太郎たちが、猪八の跡を尾けた翌日の昼ごろだった。

三太郎と平太は、昨日のうちに猪八が入った仕舞屋近くをまわって、住人のことを聞き込んだ。そして、ふたりは源九郎たちが三崎屋から帰るのを待って源九郎の家に来て、猪八の跡を尾けたことから、耳にした家のなかのやり取りまでひととおり話したのである。

「へい、茂助《もすけ》ってえ男が妾をかこっている家だそうで」

三太郎が、妾の名はおまきで、二年ほど前からその家に住むようになったことなどを話した。

「茂助の生業は？」

「それが、近所の者も知らねえんでさァ。遊び人のような格好をして家を出入りするのを見かけるだけで、仕事をしている姿を見た者がいねえんで——」

「家のなかの話し声を聞いたとき、男がふたりいたそうだな」

源九郎があらためて訊いた。

「へい、ふたりで猪八を脅しつけていやした」

三太郎がそう言うと、平太が、

「たたいたり、殴ったりしたんですぜ」

と、怒りに顔を染めて言った。

「もうひとりは、何者か知れたのか」

源九郎が訊いた。

「それが、分からねえんで……。近所の連中は、茂助の家には遊び人や牢人ふうの男が出入りしているので、そのひとりかもしれねえと言ってやしたが」

「牢人も、出入りしているのか」

茂助という男は、ただの遊び人ではないようだ、と源九郎は思った。

源九郎が口をつぐんだとき、黙って話を聞いていた菅井が、

「それで、茂助たちは、猪八から五十両の金を脅し取ろうとしているのだな」

と、厳しい顔をして訊いた。

「へい、それに、おれたちに手を貸してくれれば、五十両はちゃらにしてやるし、ほかに分け前がもらえるとも言ってやした」

「分け前がな」

菅井が低い声で言った。

「それで、猪八は手を貸すと言ったのか」

源九郎が訊いた。

「猪八は、できねえ、と言って断っていやした。それで、ひどくたたかれたんでさァ」

「どうやら、茂助たちは、猪八を悪事に引き込もうとしているようだ」

源九郎は、どんな悪事か分からないが、茂助たちに荷担する前に縁を切らせた方がいいと思った。

「それで、いま、猪八はお熊の家にいるのか」

源九郎は、猪八がいるなら直接話を聞いてみようと思った。

「いるようですぜ」

三太郎によると、朝方、お熊と井戸端で顔を合わせたとき、それとなく訊いてみたという。お熊は困ったような顔をして、猪八が家にいることを口にしたそうだ。

「行ってみるか」

源九郎が腰を上げると、

「華町、おれも行こうか」

と、菅井が小声で訊いた。

「いや、わしひとりでいい。何人もで行くと、猪八も意固地《いこじ》になって、かえって話さんだろう」

それに、源九郎は、一度酒を飲みながら猪八と話していた。猪八も、源九郎なら話しやすいだろう。

源九郎は菅井たちを送り出した足で、お熊の家に足をむけた。

「お熊、いるか」

源九郎は腰高障子の前で声をかけた。

「華町の旦那かい」

すぐに、お熊の声がした。沈んだ声である。

「そうだ」

「入っておくれ」

源九郎は腰高障子をあけた。お熊が上がり框の近くに立っていたが、猪八の姿は見えなかった。

「猪八は、いるかな」

源九郎が訊いた。

「い、いますよ」

そう言って、お熊は部屋の隅に立ててある枕屏風に目をやった。屏風の向こうに夜具が延べてあり、ひとのいる気配があった。どうやら、猪八は屏風の陰にいるようだ。

源九郎は土間に入ると、

「猪八、華町だ。顔を見せろ」

と、声をかけた。

すぐに、返事がなかったが、もそもそと夜具が動き、

「だ、旦那、具合が悪いもんで……」

と、困惑したような声が聞こえた。猪八である。

「そうか、では、寝たままでいい。……わしは、上がらせてもらうぞ」

源九郎は上がり框から座敷に上がり、枕屏風の脇に膝を折った。

お熊はこわばった顔をして、源九郎の脇に座った。

「猪八、おまえ、また殴られたのではないか」

源九郎が言った。

「へえ……」

猪八は溜め息のような声で答えたが、何も言わなかった。

「おまえ、だれかに脅されているようだな」

「……」

「悪いやつらに大金を返せと、脅されているとみたがな」

源九郎は、まだ茂助のことも五十両のことも口にしなかった。

猪八は、何も言わなかった。屏風の向こうから、乱れた息の音が聞こえた。猪八は動揺しているらしい。

「猪八、おまえ、そいつらに金を借りたのか」

「……」

「おまえには、工面もできない大金を何に使ったのだ。……博奕か、それとも女か」

源九郎は、猪八が大金を使うとすれば、博奕か女しかないとみたのである。

「あ、あっしは、大金を借りたわけじゃァねえ。借りたのは、せいぜい七、八両なんでさァ。それに、あっしは貸してくれなんて言わなかった。むこうで、これを使えといって渡したから、つい、気を許して……」

猪八が、声をつまらせて一気にしゃべった。

「博奕だな」

「へい、ちょいと、手慰みのつもりで」

「それで、いくら返せと言っているのだ」

「ご、五十両で……」

猪八が蚊の鳴くような声で言った。

「七、八両が、五十両にもなったのか」

源九郎は、やり方があくど過ぎる、と思った。

「利子と、これまで飲んだ金とで、五十両になると言うんでさァ」

猪八の声に、腹立たしそうなひびきがくわわった。猪八も、あまりに理不尽な要求だと思っているのだろう。

「ところで、猪八、おまえから金を脅し取ろうとしている連中だがな。おまえに五十両もの大金は工面できないと、初めから知っていたのではないかな」

猪八から金を脅し取るのが目的なら、いきなり五十両もの大金はふっかけないのではないか、と源九郎はみたのだ。

「……」

猪八は口をつぐんだ。

「猪八、おまえ、金が返せなければ、何かをやれ、と言われてないか」

源九郎が言うと、枕屏風の向こうで、ゴクリ、と唾を飲み込む音が聞こえた。

枕屏風が、かすかに震えている。猪八は顫《ふる》えているようだ。

「なにをやれ、と言われているのだ」

源九郎が語気を強くして訊いた。

だが、猪八は何も答えなかった。体の顫えが激しくなったとみえ、枕屏風が揺れているのが、はっきりと分かった。

「猪八、長屋の者たちが、おまえのことを心配してな。何とか力になってやりたいと、わしに言ってきたのだ。……猪八、話してみろ」

源九郎が諭すような声で言った。

それでも、猪八が黙っていると、

「い、猪八、話しておくれ。長屋のみんなが、助けてくれるよ」

お熊が涙声で言った。

「だ、駄目だ！　話せねえ」

猪八が、悲鳴のような声を上げた。

「猪八、どうしたのだ」

源九郎の声が大きくなった。

「旦那、帰ってくれ！　後生だから、帰ってくれ」

猪八は泣き声で叫ぶと、掻巻を頭からかぶってしまったらしく、くぐもったような呻き声が聞こえてきた。

「………」

猪八には、話せない強い理由があるようだ、と源九郎は思った。

源九郎は、いっとき黙したまま枕屏風の脇に座していたが、

「猪八、いいか、一度悪事に手を染めると、二度と真っ当な暮らしはできなくなるぞ。……どうにもならなくなったら、お熊か、わしに話せ。きっと、助けてやる」

源九郎はそう言い置いて、腰を上げた。

上がり框から土間に下りたとき、後ろでお熊の泣き声が聞こえた。畳につっ伏して泣いているらしい。

# 第四章　挟み撃ち

## 一

「華町さま、茂次さん、ごくろう様です」

三崎屋の番頭の粂蔵《くめぞう》が、店先まで見送りに出て言った。

昨夜は、源九郎と茂次で三崎屋に泊まったのだ。菅井の番だったが風邪気味だというので、源九郎が代わったのである。

菅井の風邪はたいしたことはなかった。気分が冴えないのは、午後になって酒を飲んだせいではないかと源九郎はみていた。このところ、聖天一味が三崎屋に押し込む気配が、まったくないので、菅井も気がゆるんでいるようである。

「今夜は、菅井とだれか他の者がうかがうかもしれませんよ」

今夜は菅井に来てもらおう、と源九郎は思ったのだ。

「お待ちしております」

粂蔵は愛想笑いを浮かべて、源九郎と茂次を送りだした。

曇天だった。空が厚い雲でおおわれているせいか、朝だというのに夕暮れ時のように薄暗かった。

源九郎と茂次は、小名木川沿いの道を大川にむかって歩いた。道を行き来する人の姿はまばらだった。曇天のせいもあるが、五ツ（午前八時）ごろは、通りを行き交う人の姿がすくなくなる。出職の職人や大工、船頭などが、それぞれの仕事場で仕事に就いているころなのだ。

源九郎たちは大川端へ出ると、川上に足をむけた。辺りが薄暗いせいか、大川はいつもより荒涼とした感じがした。川面は黒ずんだ鉛色をし、無数の波の起伏を刻んでいた。船影もすくないようだ。ふだんは、多くの猪牙舟《ちょきぶね》、茶船、屋根船などが行き来しているのだが、いまは波間に数艘の猪牙舟が見えるだけである。

「旦那、降ってきやしたぜ」

茂次が、すこし足を速めながら言った。

小雨だった。それに、雲は薄いので、濡れるほどの降りにはならないだろう。

「急ぐか」

源九郎も足を速めた。

ふたりは、新大橋のたもとを過ぎ、御籾蔵《おもみぐら》の前まで来た。左手前方に御舟蔵が見え、右手には武家屋敷がつづいていた。この辺りは、商家がないせいもあって、人影はさらにすくなくなった。供連れの武士や中間《ちゆうげん》などが、足早に通り過ぎていく。

そのとき、源九郎は何気なく背後を振り返って見た。半町ほど後ろから、深編み笠をかぶった痩身の武士が歩いてくる。

……あの武士は、わしを尾《つ》けているのか。

源九郎は新大橋のたもとを歩いているとき、その武士が背後にいるのを目にとめていた。そのときと、ほぼ同じ間隔を保ったまま武士は歩いていた。

源九郎は、すこし足を速めてみた。半町ほど歩いて振り返ると、深編み笠の武士はやはり同じ間隔を保ったまま尾けてくる。

……どうやら、わしを尾けているようだ。

そう思ったが、源九郎は逃げるつもりはなかった。相手はひとりだし、ここまで来れば、はぐれ長屋はすぐである。

御舟蔵の脇をさらに進むと、左手前方に水戸家の石置き場が見えてきた。その石置き場の隅の松の樹陰に人影があった。長身である。はっきりしないが、武士らしい。袴姿で、刀を差しているのが見てとれた。

武士は源九郎たちを待っているようだった。

……挟み撃ちか！

源九郎は、背後を振り返った。

背後の武士が、小走りに近付いてくる。左手を刀の鍔元《つばもと》に添え、すこし前屈みの格好である。その姿に、殺気があった。

「だ、旦那、松の陰から出てきやしたぜ」

茂次が昂《たかぶ》った声で言った。

長身の武士は網代笠《あじろがさ》をかぶっていた。二刀を帯びている。武士は樹陰から出ると、道のなかほどに立った。

背後を見ると、痩身の武士は、さらに間をつめてきた。

……逃げられぬ！

と、源九郎は察知した。

おそらく、聖天一味のふたりであろう。ここを源九郎が通ることを知っていて、仕掛けてきたにちがいない。

「茂次、菅井を呼んできてくれ！」

茂次は腕のたつ武士が相手では、戦力にならなかった。茂次を気にして闘うことになり、かえって足手纏《まと》いである。

「だ、旦那、あっしも――」

茂次が目をつり上げて、声を上げた。

「茂次、走れ！　菅井を呼ぶのだ」

源九郎が叫んだ。

「へ、へい」

茂次は弾かれたように走り出し、すぐに右手の路地に駆け込んだ。その路地は、竪川沿いの通りにつづいていて、すこしまわり道になるが、一ツ目橋のたもとに出られるはずである。

源九郎は茂次が離れると、すぐに御舟蔵の壁際に立った。背後からの攻撃を避けるためである。

ふたりの武士は前後から走り寄り、痩身の武士が源九郎の正面に立った。痩身だが、肩幅はひろく、胸が厚かった。腰も、据わっている。

源九郎との間合は、およそ四間。まだ、武士は両手を垂らしたままで、抜刀体勢をとっていなかった。

……遣い手だ！

と、源九郎は見てとった。

もうひとり、長身の武士は源九郎の左手にまわり込んできた。こちらも、腰が据わり、身構えに隙がなかった。

源九郎との間合は、四間半ほどである。こちらも、抜刀体勢をとっていなかったが、身辺には殺気があった。

「わしに何か用か」

源九郎が訊《き》いた。源九郎もまだ両腕を垂らしたままである。

「おぬしの命をもらいたい」

正面に立った痩身の武士が、くぐもった声で言った。

「うぬらは、聖天一味だな」

源九郎は左手で鍔元を握り、刀の鯉口を切った。

「問答無用！」

正面の武士が声を上げた。声に昂ったひびきがくわわった。突然、源九郎に聖天一味と指摘されて動揺したのだろう。

「いくぞ」

正面に立った武士が抜刀した。

すると、左手に立っている武士も刀を抜いて、切っ先を源九郎にむけた。

「やるしかないようだな」

源九郎も抜いた。

二

源九郎は青眼に構えると、切っ先を、深編み笠をかぶった瘦身の武士の喉元につけた。

瘦身の武士は、深編み笠をとらなかった。笠が邪魔になって刀が自在に遣えないはずだが、あえて笠をとらないようだ。よほど、腕に覚えがあるらしい。

瘦身の武士は脇構えにとると、刀身をゆっくりと上げた。そして、切っ先を右手にむけた。奇妙な構えである。八相とも、脇構えともちがう。刀身を胸の高さほどの水平にとったのである。

……この構えは！

源九郎は、背筋を冷たい物で撫《な》でられたような気がして身震いした。瘦身の武士の構えには、隙がなかった。しかも、切っ先がそのまま首筋に伸びてくるような威圧感があった。おそらく、武士は刀身を横に払ってくるだろう。横に払う太刀なら、笠も邪魔にならない。

「横雲《よこぐも》……」

瘦身の武士が、くぐもった声で言った。

源九郎は、武士の遣う刀法の名だろうと思った。

咄嗟《とっさ》に、源九郎は切っ先を武士の手にした刀の柄頭《つかがしら》につけた。武士が横に払ってくるとみて、それに対応しようとしたのである。

左手の武士は、青眼に構えていた。切っ先が、源九郎の目線の高さにつけられている。腰の据わった隙のない構えだった。

……この男も遣い手だ！

と、源九郎はみてとった。

瘦身の武士と、左手の武士。ひとりだけでも、強敵だった。そのふたりが、息を合わせて向かってくる。

このままでは、太刀打ちできない、と源九郎は察知した。

だが、逃げ場はなかった。菅井が駆けつけるまで、なんとか持ち堪《こた》えるしか手はない。
ジリジリと、痩身の武士が間合をつめてきた。まったく、構えにくずれがな
い。横にむけた刀身が、そのまま源九郎に迫ってくるような威圧感があった。
痩身の武士の動きと呼応するように、左手の武士も間合をつめてきた。
源九郎は後じさった。痩身の武士の気魄《きはく》に押されたのである。だが、源九郎の
かかとは、しだいに御舟蔵の壁際に迫ってきた。

このとき、茂次は相生町一丁目の路地を懸命に走っていた。はぐれ長屋の路地
木戸まであとわずかである。
茂次は路地木戸に飛び込むと、まっしぐらに菅井の家にむかった。
菅井の家の腰高障子が一尺ほどあき、土間の脇で水音がした。菅井が、洗い物
でもしているのかもしれない。独り者の菅井は、几帳面《きちょうめん》なところがあり炊事や
洗濯なども手を抜かなかった。
茂次は腰高障子をあけはなち、
「菅井の旦那！　大変だ」

と、叫んだ。

「どうした、茂次」

菅井が振り返って訊いた。やはり、菅井は流し場に立って洗い物をしていた。

「華町の旦那が、やられる！」

「なに、華町がやられるだと」

菅井が目を剝《む》いた。

「早く、早く！」

茂次は、土間で足踏みしている。

「待て！」

菅井は座敷に飛び上がると、部屋の隅に置いてあった刀を手にした。

「場所はどこだ」

菅井は土間に飛び下りざま訊いた。

「御舟蔵のそばで――」

「行くぞ」

菅井は、戸口から飛び出した。

茂次は菅井の後につづきながら、「おい、手を貸してくれ！　華町の旦那があぶねえんだ！」と長屋の戸口にむかって叫びながら、路地木戸にむかった。

バタバタ、と腰高障子があき、家にいた女や男が、顔を出した。茂次は走りながら、「御舟蔵へ、来てくれ！」と、叫んだ。

菅井は目をつり上げ、歯を剝き出して懸命に走った。菅井につづいて茂次、ふたりの後ろに、三太郎、平太……それに、三、四人の男の姿があった。いずれも、長屋の住人である。戸口から飛び出すときに手にしたらしく、天秤棒や心張り棒を持っている男もいた。

「こっちだ！」

茂次が叫んだ。

菅井を先頭に長屋の男たちは、竪川沿いの通りに出ると、一ツ目橋にむかって走った。御舟蔵は一ツ目橋の先である。

源九郎は、痩身の武士と対峙《たいじ》していた。ふたりの間合は、一足一刀の斬撃の間境の一歩手前である。すでに、源九郎のかかとは御舟蔵の壁際に近付き、これ以上下がれなくなっていた。

ジリジリと、痩身の武士が斬撃の間境に迫ってきた。その動きと呼応するように、左手の長身の武士も間合をつめてくる。

……初手は、正面だ。

と、源九郎はみてとった。

対峙した痩身の武士に、斬撃の気配が高まっていた。いまにも、斬り込んできそうである。

一方、長身の武士の構えにも斬撃の気配があったが、まだ間合が遠かった。おそらく、痩身の武士が先に仕掛け、源九郎の動きを見て、長身の武士が斬り込んでくるのだろう。

ふいに、痩身の武士の寄り身がとまった。全身に気勢が満ち、いまにも斬り込んできそうな気配がある。

……この遠間《とおま》から仕掛けるのか！

源九郎が、頭のどこかでそう思ったとき、痩身の武士の全身に斬撃の気がはしった。

イヤアッ！

裂帛《れっぱく》の気合と同時に、痩身の武士の体が躍った。

次の瞬間、銀色《しろがねいろ》の閃光《せんこう》がはしった。

横一文字に――。

源九郎の胸を薙《な》ぎ払うように切っ先が伸びてきた。

だが、遠い！

源九郎は、切っ先が胸をかすめるだけだ、とみたが、右手に跳んだ。痩身の武士の二の太刀がくると、感知したのである。

痩身の武士の切っ先が、源九郎の胸のあたりをかすめた次の瞬間、刃光が逆《ぎゃく》袈裟《けさ》にはしった。

迅《はや》い！

横一文字から逆袈裟に神速の返し技だった。

源九郎の目に刃光が、白く細い雲の筋のように映じた。

バサッ、と源九郎の着物の左の肩先が裂けた。痩身の武士の切っ先が、とらえたのだ。源九郎は右手に跳んだのだが、間に合わなかったのである。ただ、右手に跳ばなかったら、武士の切っ先は、源九郎の首を断っていただろう。

あらわになった源九郎の肩先に血の線がはしり、ふつふつと噴き出した。

「こ、これは！」

思わず、源九郎は驚きの声を上げた。

「よくかわしたな、おれの横雲を」

瘦身の武士の薄い唇の間から、白い歯が覗いた。笑ったらしい。

……恐ろしい剣だ！

と、源九郎は思った。

刀身を横にむけて構え、初太刀を横一文字に払った後、逆袈裟に斬り上げた二の太刀の刃光が白い雲の筋のように目に映ることから、横雲と名付けたのであろう。

「だが、次はかわせぬぞ」

瘦身の武士は、ふたたび刀身を横にむけた。

源九郎は、青眼に構えた切っ先をすこし上げ、相対した瘦身の武士の頭のあたりにむけた。

武士の横に払う初太刀を上から払えば、二の太刀を防げるかもしれない、と源九郎は思ったのである。

ふたたび、瘦身の武士が源九郎との間合をつめ始めた。

そのときだった。一ツ目橋の方で、「華町！」という叫び声が聞こえた。

源九郎は一ツ目橋の方に目をやった。菅井が、走ってくる。菅井の後ろに、茂次たち長屋の男たちが数人見えた。「華町の旦那ァ！」「助けに、きやしたぜ！」などと叫びながら、男たちが駆けてくる。

すると、痩身の武士が後じさり、声のする方に顔をむけた。長身の武士も、目をやっているようだ。

すぐに菅井たちの姿が近付き、足音もはっきり聞こえてきた。菅井は総髪を振り乱して走ってくる。後ろの男たちのなかには、天秤棒を持っている者もいた。

「華町、勝負はあずけた」

痩身の武士が言いざま、刀を鞘に納めた。つづいて、長身の武士も納刀した。

ふたりの武士は、すぐにきびすを返し、小走りに川下の方へむかった。

「た、助かった……」

源九郎が、荒い息を吐きながらつぶやいた。

菅井は源九郎のそばに駆け付けると、ゼイゼイと苦しげに息を吐きながら、

「き、斬られたのか……」

と、源九郎の肩に目をやって訊いた。

「かすり傷だ」

かすり傷でもなかったが、深手ではなかった。まだ、出血していたが、左腕は自在に動くし、それほどの痛みもなかった。

そこへ、茂次や長屋の者たちが駆け付け、源九郎と菅井を取り囲んだ。走ってきたせいで苦しげに肩で息をしていたが、源九郎の傷がたいしたことはないと知ると、ほっとしたような顔になった。

「あやつら、何者だ」

菅井が、声をあらためて訊いた。

「聖天一味とみた」

「やはり、そうか」

菅井が厳しい顔をしてうなずいた。

「ともかく、長屋に引き上げよう」

源九郎は、長屋の者たちに礼を言い、一ツ目橋の方へ足をむけた。

菅井が源九郎と肩を並べて歩き、茂次や長屋の者たちがぞろぞろとついてきた。

三

茂次が腰高障子をあけて入ってくると、

「華町の旦那、木戸のところでうろんな男を見かけやしたぜ」

と、源九郎の顔を見るなり言った。

源九郎は、これから菅井とふたりで三崎屋に行くつもりで仕度をしていたところだった。仕度といっても、袴を穿《は》くだけである。

源九郎の傷は、たいしたことはなかった。長屋にもどると、念のために菅井に晒《さらし》を巻いてもらったが、翌朝には血もとまり、たいした痛みもなかった。刀も自在に遣えそうである。

「どんな男だ」

源九郎が訊いた。

「遊び人ふうのやつで、路地木戸から路地に出たおまつに、猪八のことをいろいろ訊いていやした」

おまつは、長屋に住む日傭《ひよう》取りの女房で、家はお熊の隣である。

「ひとりか」

源九郎は、猪八のことを探っていたのではないかと思った。

源九郎が猪八から話を聞いて五日経っていた。お熊の話だと、その後、猪八は家のなかに引き籠もったきりで、外に出ないという。

「ひとりでさァ」

茂次が答えた。

「茂助たちでは、ないかな」

「やつら、猪八が長屋にいるのを知ってるんですかね」

「猪八から聞いていたのではないかな」

源九郎と茂次がそんなやり取りをしていると、戸口に走り寄る足音が聞こえた。

辰次《たつじ》だった。おまつの亭主である。辰次は、あいたままになっている腰高障子の間から、首をつっ込むと、

「旦那、大変《てえへん》だ！」

と、叫んだ。

「どうした、辰次」

「ならず者が、五人、助造の家に押しかけてきやがった！」

「なに！　ならず者だと」

　源九郎は座敷の隅に置いてあった刀をつかむと、腰に差しながら、

「菅井に知らせてくれ！」

と辰次に頼んで、お熊の家に走った。戸口にいた茂次も、源九郎の後についてきた。

　見ると、遊び人ふうの男がふたり、助造の家の戸口にいた。家のなかで、お熊の悲鳴や男の怒鳴り声などが聞こえた。家のなかで、やり合っているらしい。

「そこをどけ！」

　源九郎は、戸口の前に立っているふたりに迫った。

「な、なんだ、この、爺《じじ》い！」

　丸顔の男が、源九郎を見て声を上げた。年寄りとみて、侮ったらしい。

　そのとき、ドタドタと床を踏む音がし、お熊の、「何をするんだい！」という甲走った声がひびいた。

「どかねば、斬るぞ」

　源九郎は抜刀し、刀身を峰に返した。ふたりの男と掛け合っている暇はなかった。峰打ちにして、おとなしくさせた方が手っ取り早い。

「爺いが、抜いたぞ！」

もうひとりの細面の男が叫びざま、ふところから匕首《あいくち》を抜いて身構えた。目が、血走っている。

かまわず、源九郎は低い八相に構えると、匕首を手にした男に迫った。

「や、やろう！」

細面の男が目をつり上げ、威嚇《いかく》するように匕首を振り上げた。

刹那《せつな》、源九郎は踏み込みざま、刀身を横に払った。一瞬の太刀捌《さば》きである。

ドスッ、というにぶい音がし、男の上体が折れたように前にかしいだ。源九郎の一撃が、男の腹を強打したのだ。

男は苦しげな呻《うめ》き声を上げ、その場にうずくまった。匕首を取り落とし、両手で腹を押さえている。

ワアアッ！

丸顔の男が悲鳴を上げ、戸口から逃げだした。

源九郎は逃げる男にかまわず、戸口から土間に踏み込んだ。刀は手にしたままである。

土間の流しのそばにひとり、座敷にふたり、遊び人ふうの男がいた。座敷にいる男が左手で猪八の胸倉をつかみ、右手で持った匕首の切っ先を首筋にむけていた。顔の浅黒い、目付きのするどい男である。猪八を部屋から連れ出そうとしているようだ。

お熊は、部屋の隅にへたり込んで顫《ふる》えていた。もうひとりの男が、お熊の肩を押さえつけている。

「旦那、助けて！」

お熊が、源九郎の姿を見て叫んだ。

「お熊と猪八から手を離せ！」

源九郎は、座敷にいるふたりの男を睨みながら言った。

「爺い、刀を捨てろ！　こいつの命は、ねえぞ」

猪八に匕首をむけている男が叫んだ。

「うぬ……」

源九郎は、土間に立ったまま動けなかった。強引に座敷に踏み込めば、男が猪八の首を刺しかねないとみたのである。

そのとき、戸口に走り寄る足音がし、菅井が土間に飛び込んできた。

「どうした、華町！」

菅井が声を上げた。

そのとき、猪八に匕首をむけていた男の目が菅井にむけられ、猪八の首筋から匕首の切っ先がすこし離れた。

咄嗟に、猪八は上半身をよじって胸倉をつかんでいた男の手を振りほどき、這《は》って戸口の方へ逃れた。

「やろう！」

男は土間に近付き、左腕を伸ばして逃げる猪八の肩をつかもうとした。

瞬間、源九郎が上がり框《がまち》から踏み込み、刀を一閃させた。

峰に返した刀身が男の右腕を強打し、にぶい骨音がして匕首が虚空に飛んだ。

グワッ！

男が獣の咆哮《ほうこう》のような叫び声を上げてよろめいた。ダラリ、と男の右腕が垂れ下がっている。源九郎の峰打ちの一撃が、男の右腕の骨を砕いたらしい。

このとき、菅井は流し場の前にいた男に体をむけ、居合の抜刀体勢をとっていた。

「よせ！　斬るな」

男が叫び声を上げ、戸口から飛び出そうとした。

瞬間、菅井が抜き付けた。神速の抜き打ちである。菅井の腰元から閃光がはしり、男の頬に血の線がはしった。切っ先が、頬を横に斬り裂いたのである。

ギャッ！

男は絶叫をあげ、よろめきながら戸口へ逃げた。半顔が、赤い布を張ったように赤く染まっている。

そのまま男は外へ飛び出し、悲鳴を上げて路地木戸の方へ逃げた。

座敷にいたもうひとりの男は菅井の脇をすり抜け、土間から外へ飛び出すと、脱兎《だっと》のごとく逃げ出した。

その場に残ったのは、ふたりだった。源九郎に右腕を強打された男と、戸口の脇に腹を押さえてうずくまっている男である。

源九郎は、菅井と茂次、それに辰次たち長屋の男たちに頼んで、ふたりの男を源九郎の家に連れていった。ふたりに、話を聞こうと思ったのである。

四

源九郎は峰打ちで右腕を打った男に、切っ先を突き付け、

「この場で、首を落とされても文句はないな」

と、語気を強めて言った。

源九郎の顔付きが変わっていた。いつものひとのよさそうな穏やかな顔付きではない。顔がひき締まり、双眸《そうぼう》が鋭くひかっていた。凄《すご》みのある顔である。剣をふるったばかりで、気が高揚しているせいもあるらしい。

「おまえの名は」

源九郎が訊いた。

男は苦痛に顔をしかめ、源九郎に打たれた右手を左手で押さえていたが、

「……政吉《まさきち》」

と、源九郎に顔をむけて言った。

男は三十がらみ、面長で細い目をしていた。

「猪八を長屋から連れ出しに来たのだな」

源九郎が念を押すように訊いた。

「へい……。頼まれたんでさァ」

男は、すぐに答えた、隠す気はないようだ。

「だれに頼まれたのだ」

「名は知らねえが、飲み屋で知り合った男でさァ。猪八を長屋から連れてくれ

ば、ひとり一両くれると言われやしてね。それで、五人で連れに来たんで」

源九郎は脇に腰を下ろしているもうひとりの男に、

「まちがいないか」

と、念を押すように訊いた。

もうひとりの男も、左手で腹を押さえていた。顔が苦痛にゆがんでいる。源九郎の峰打ちを腹にあび、肋骨でも折れたのかもしれない。

「……へ、へい」

男は顔をゆがめたまま答えた。二十三、四であろうか。細面で、眉の細い男である。

「おまえの名は？」

「宗七《そうしち》で……」

「おまえも、頼んだ男の名は知らないのか」

「へい、あっしも政吉といっしょに飲み屋にいたんでさァ」

宗七によると、深川、堀川町《ほりかわちよう》にある樽吉《たるよし》という飲み屋だそうである。

源九郎は、宗七も政吉も嘘をついているとは思わなかった。飲み屋の名も隠さず口にしたからである。

「逃げた三人は？」

「あっしらの遊び仲間なんで……」

宗七が、三人の名を口にした。

源九郎は三人の名に覚えがなかった。そばにいた菅井と茂次に訊いたが、ふたりとも知らないということだった。

「おまえたちに頼んだ男だがな、茂助という名ではないか」

源九郎は、三太郎から聞いていた名を口にした。

すると、宗七が首をひねりながら、

「そうかもしれねえ。牢人が、茂助と呼んだのを聞いた覚えがありやす」

と、小声で言った。

「牢人も、いたのか」

すぐに、源九郎が訊いた。

「へい、樽吉には牢人もいっしょにいやした」

宗七が言うと、政吉もうなずいた。

「その牢人の名は、分かるか」

「名は分からねえ」

政吉が言った。

「そいつの人相や体付きは？」

「総髪で、痩せていやした」

「……！」

わしを、襲ったひとりだ、と源九郎はすぐに察知した。

その牢人は、木島宗兵衛たち三人の牢人に、源九郎と菅井の襲撃を頼んだひとりでもある。そういえば、源九郎は三太郎から、茂助の家に牢人ふうの男が出入りしているという話を聞いていた。

茂助が源九郎たちを襲った牢人の仲間ということになると、猪八の件も牢人たちとつながっていることになる。

源九郎の脳裏に聖天一味のことがよぎった。

……錠前を破るためだ！

源九郎は、胸の内で叫んだ。

利根屋で殺された聖天一味の滝造は、錠前直しだった。押し込んだ先の錠前を破っていたのは、滝造とみていい。その滝造が殺され、聖天一味には錠前を破れる者がいなくなった。そこで、目をつけたのが猪八である。聖天一味は、猪八を仲間に引き込んで錠前を破らせようとしたのだ。

……つながったな。

源九郎は、なぜ茂助たちが執拗に猪八を仲間に引き入れようとしていたのか、その理由が分かった。殺された滝造の代わりを猪八にやらせようとしたのだ。

源九郎は、これ以上政吉と宗七から訊くこともなかったので、ふたりを帰すことにした。

菅井と茂次に、ふたりをこのまま帰してもいいか訊くと、

「おれは、かまわんが――」

そう言って、いきなり菅井が刀を抜いた。そして、切っ先をふたりにむけ、

「おい、二度と長屋に姿を見せるなよ。今度見かけたら、おれが、斬るからな」

と、恫喝《どうかつ》するように言った。

「へ、へい」

政吉が首をすくめるように頭を下げると、宗七も頭を下げ、這々《ほうほう》の体《てい》で戸口から出ていった。

源九郎は、聖天一味が錠前破りを仲間に引き入れるために、猪八を襲ったらしいことを菅井と茂次に話してから、

「わしが、猪八にあらためて訊いてみる」

と言い残し、ふたたびお熊の家にむかった。

五

猪八はお熊の家の座敷にいた。隅に胡座《あぐら》をかき、お熊が淹《い》れたらしい茶を飲んでいた。顔が傷だらけだった。右の瞼が腫《は》れ上がり、額や頰に痣《あざ》や傷があった。茂助たちに打擲《ちょうちゃく》された痕《あと》である。

お熊は、土間の流し場にいた。洗い物をしているらしく水を使う音にまじって、洟《はなみず》をすすり上げる音がした。泣いているようだ。土間に入ってきた源九郎に気付かなかったのは、そのせいらしい。

「お熊、猪八から話を聞きたいのだがな」

源九郎が声をかけると、お熊が振り返った。ゆがんだ顔が、くしゃくしゃだった。ぼってりした頰に涙の痕があり、髷《まげ》が乱れて前髪が垂れ下がっている。

「だ、旦那、こんなことになっちまって、あたし、どうしていいか……」

お熊が涙声で言った。

「お熊、心配するな。……どうにか、なりそうだぞ」

源九郎はお熊に身を寄せ、耳元でささやいた。

「ほ、ほんとかい」

お熊が目を剝いた。くしゃくしゃな顔が伸びたように見え、丸い目のせいもあって、大狸のような顔付きになった。

「ああ……。すこし、猪八と話したいのだがな。上がらせてもらっていいかな」

源九郎が小声で言った。

「上がっておくれ。……あたしは、ここにいてもいいのかい」

「そうだな。お熊がいると、猪八も話しづらいかもしれんな。しばらく、おまつのところへでも、行っててくれんか」

源九郎は、猪八とふたりだけの方が話しやすいと思った。

「わ、分かったよ」

お熊は源九郎にむかって掌《て》を合わせると、「旦那、頼みますよ」と言い残し、そそくさと戸口から出ていった。

源九郎は座敷に上がり、猪八の脇に膝を折ると、

「猪八、おまえに見せたい物があるのだ」

と言って、ふところから紙入れを取り出した。それに、蛇《じゃ》の目《め》傘の細工のある

銀簪《ぎんかんざし》が挟んであった。いつか、機会があったら、お熊に返してやろうと思って持ち歩いていたのである。

「そ、それは……」

猪八は、銀簪を目にすると驚いたような顔をした。

「おまえが、お熊のために作ってやった物だな」

「へ、へい」

「なぜ、わしがこれを持っているか、分かるか」

源九郎が静かな声で訊いた。

「……」

猪八は困惑したような顔をして首を横に振った。

「おまえが、怪我をした後、お熊がわしのところに来てな。この簪をわしの前に出して、こう言ったのだ。……これは、わたしのたったひとつの宝物だけど、これで、猪八を助けてやってくれ、とな」

「……！」

猪八が目を剝いて、源九郎を見た。膝の上で握りしめた拳が、小刻みに震えている。

「お熊はな、これまで、この簪をわしに見せたこともなかったのだ。……大事に大事に、しまっておいたのであろう」

「……ね、姉《ねえ》ちゃん」

猪八の目に涙が溢れ、頬をつたって流れた。顔をしかめて、泣き声が出るのを我慢している。

……まったく、いい歳をして餓鬼のようだ。

と、源九郎は思ったが、どういうわけか、瞼がしきりに動き、洟まで垂れてきそうになった。どうも、歳をとると、感情が抑えにくくなるらしい。

「い、猪八、わしの家に連れていったふたりがな、知っていることはみなしゃべったのだ」

源九郎が洟をすすり上げながら言った。

「……」

「おまえに、五十両をふっかけたのは、茂助という男だな」

「へ、へい……」

猪八が、肩を落としてうなずいた。

「おまえは、林町の茂助の家で、たたかれたのだな」

源九郎は、三太郎から聞いたことを口にした。

猪八は驚いたような顔をして源九郎を見たが、

「そうでさァ」

と、小声で答えた。隠す気はなくなったようである。

「茂助の家にいっしょにいた男は？」

源九郎が、声をあらためて訊いた。茂助の仲間だが、聖天一味のひとりとみていいだろう。

「安次郎《やすじろう》で……」

「どんな男だ？」

「小太りで、大工だったようでさァ」

「大工か」

源九郎は、聖天一味に鑿《のみ》を使う男がいると聞いていた。表のくぐり戸の一部を鑿を使って破るらしかった。その男が安次郎であろう。安次郎も、聖天一味にまちがいない、と源九郎は思った。

「ほかにも、茂助の仲間がいるな」

源九郎が訊いた。

「へい、牢人でさァ」

「痩せた牢人だな」

「そうで」

「牢人の名は分かるか」

「渋谷兵十郎《しぶやへいじゆうろう》……」

「渋谷な」

源九郎は渋谷の名に覚えがなかった。おそらく、深川のどこかで牢人暮らしをしているのだろう。

「他には？」

「あっしが、知っているのは、安次郎と渋谷の旦那だけで」

猪八の声が、はっきりしてきた。源九郎と話したことで、気持ちが落ち着いてきたようだ。

「ところで、猪八、おまえは茂助たちの仲間に入るよう言われたのだな」

「そうで……」

猪八は、視線を膝先に落とした。

「茂助たちは、押し込みだな」

源九郎は、まだ聖天一味のことを口にしなかった。

「……」

猪八は口をとじたままうなずいた。

「おまえは店に押し入ったとき、錠前を破るよう言われたのだな」

「へい……」

「おまえは茂助たちに殴られてもたたかれても、仲間になることを承知しなかった。押し込みの仲間になるのが嫌だったこともあるだろうが、それだけではあるまい」

「死んでも、茂助たちの仲間にはなりたくなかったんでさァ」

「茂助たちが、聖天一味と分かっていたからだな」

「へい、茂助があっしに錠前のことを話したとき、利根屋のことも口にしたので聖天一味と気付きやした」

猪八によると、茂助は弥市という偽名を使い、賭場で猪八に話しかけてきたという。その後、博奕《ばくち》に負けたとき、金を都合してくれたり、飲み屋で馳走になったりした。その金が七、八両にもなったとき、突然、これまで貸した金に利子をつけて返せと迫ってきた。その金が、五十両だという。

猪八が返せないと言うと、それなら仲間にくわわって錠前を破れと要求された。そのやり取りのなかで、猪八は茂助たちが聖天一味と分かった。

「わしにも、お熊にも、茂助たちのことは、いっさい話さなかったのはどういうわけだ」

これまで、猪八は茂助のことを決して口にしなかった。茂助たちに口止めされていたからであろうが、他にも何か理由があるはずである。

「長屋にいる旦那たちのことを探れ、と言われやした」

猪八が、源九郎を上目遣いに見て言った。

「うむ……」

茂助たちは、源九郎や菅井がはぐれ長屋の住人であることを知っていたようだ。

「それだけではあるまい」

源九郎は、猪八が源九郎たちのことを茂助に話したくないという、それだけの理由で、茂助たちのことを口にしなかったとは思えなかった。

「も、茂助が、おれたちのことを話せば、姉ちゃんと義兄《あにき》の助造さんを殺すと言ったからでさァ。あっしは、どうなってもかまわねえが、姉ちゃんと義兄には手を出してほしくなかったんで……」

猪八が、涙声になって言った。

「そういうことか」

どうやら、猪八はお熊と助造を守るために、茂助たちのことを口にしなかったようだ。

「猪八、おまえの気持ちは分かる。……おまえとお熊は姉弟《きようだい》だし、ふたりだけの肉親だからな」

源九郎が、しみじみとした口調で言った。

六

翌朝、源九郎と菅井は、いつもより早く三崎屋から長屋にもどると、さっそく源九郎の家に、茂次、孫六、三太郎、平太の四人を集めた。

まず、源九郎は、ならず者たちがお熊の家を襲ったことやふたりの男をつかまえて、話を聞いたことなどをかいつまんで話した。もっとも、茂次と孫六は長屋にいたし、三太郎と平太も長屋にもどってきて話を聞いたらしく、およそのことは知っていた。

「聖天一味のひとり、茂助の塒《ねぐら》も知れた。三太郎と平太がつきとめたのだが、林町にある。茂助は、その家で妾をかこっているようだ」

源九郎が言った。

「華町の旦那、茂助を捕らえて吐かせやすかい」

孫六が目をひからせて言った。

「それも、手だな」

源九郎も、それが手っ取り早い方法だと思ったが、茂助を捕らえると他の仲間の四人に逃げられる恐れがあった。他の四人は、茂助が捕らえられたことを知れば、すぐに隠れ家から姿を消すだろう。それに、まだ頭目がだれかもつかんでいなかった。分かっていることは、聖天一味に、渋谷兵十郎という牢人と安次郎という大工だった男がいるらしいことだけである。

そのことを、源九郎が話すと、

「おれも、茂助を泳がせておいた方がいいと思うな」

と菅井が、もっともらしい顔をして言った。

「旦那、あっしらで、茂助を尾けやすぜ」

茂次が言うと、

「そうだ、あっしらだけで、やろうじゃァねえか。……三崎屋のことは、華町の旦那と菅井の旦那にまかせっきりだからな」

孫六が、茂次、三太郎、平太の三人に目をやって言った。

茂次たち三人も、すぐに承知した。その場で四人は相談し、ふたりずつ組んで茂助の塒を見張ることになった。茂次と三太郎、孫六と平太とで組むようだ。

「いつから、やりやす」

茂次が訊いた。

「今日からだな」

すぐに、源九郎が言った。

おそらく、茂助はちかいうちに長屋を襲撃した政吉と宗七がつかまったことを知るだろう。そして、自分の尻に火がついたと思い、姿を消すかもしれない。

「いいか、あぶない橋は渡るなよ。向こうも、おれたちのことは知っているのだ。茂助たちは、ひとを殺すことなど何とも思っていないからな」

源九郎が念を押すように言い添えた。

その日、林町にむかったのは、茂次と三太郎だった。三太郎は林町にある茂助の塒を知っていたので、茂次といっしょに行くことにしたらしい。

茂次と三太郎は長屋で昼飯を食い、さっそく林町にむかった。

竪川にかかる二ツ目橋を渡って、林町に出ると、

「茂次さん、こっちで」

そう言って、三太郎が先にたった。

三太郎は、川沿いにある仕舞屋《しもたや》が前方に見えてくると、

「あの板塀をめぐらせた家が、茂助の隠れ家でさァ」

と言って、指差した。

茂次が訊いた。

「見張るところがあるのか」

「裏手の板塀の近くに隠れれば、気付かれないはずです」

「よし、そこに隠れよう」

茂次と三太郎は、仕舞屋の近くまで行くと足音を忍ばせて裏手にまわり、板塀に身を寄せた。

ふたりが聞き耳を立てると、家のなかからかすかな物音が聞こえてきた。障子をあけしめする音や台所で水を使っているような音である。妾のおまきが、夕餉《ゆうげ》

の仕度を始めたのかもしれない。

「茂助は、いないようですよ」

三太郎が声をひそめて言った。

「そうだな」

話し声は、聞こえなかった。それに、家のなかから聞こえてくる物音は、ひとりのものだった。

それから、茂次と三太郎は、一刻（二時間）ちかくも、板塀に身を寄せて、仕舞屋の様子をうかがった。だが、茂助は姿をあらわさなかった。一度、おまきは家から出たが、すぐにもどってきて、そのまま家に入ったきりである。

すでに、陽は西の家並の向こうに沈みかけていた。あと、半刻（一時間）もすれば、暮れ六ツ（午後六時）の鐘が鳴るのではあるまいか。

「三太郎、茂助は姿を見せねえな」

茂次が、両手を突き上げて伸びをしながら言った。長時間、狭い場所で身を隠していたので肩が凝ったらしい。

「腹がへりやしたね」

三太郎が言った。

「交替で、めしでも食ってくるか」

そう言って、茂次がその場から路地にもどろうとしたときだった。

家の戸口の方で、引き戸をあける音がし、「おまき、いま、帰ったぞ」という男の声がした。つづいて障子をあける音がし、「お帰り、おまえさん」とおまきの声が聞こえた。どうやら、茂助が帰ってきたらしい。

戸口から入ってきたのは、茂助だけではなかった。

家の戸口で、

……おまき、しばらくだな。

と、別の男の声が聞こえたのだ。

……渋谷の旦那、お久し振り──。

おまきが、言った。

渋谷兵十郎である。茂助が、渋谷を連れてきたようだ。

……おまき、酒はあるかい。

茂助が訊いた。

……渋谷さまにお出しするような肴《さかな》はないけど、酒なら飲みきれないほどありますよ。

……そいつはいい。今夜は、ちょいと相談があってな。石垣《いしがき》の旦那も、みえることになってるんだ。肴はなくともいいが、酒はきらさねえでくれ。

茂助が言った。

茂助と渋谷は家に上がったらしく、廊下を歩く複数の足音がした。そして、障子があき、足音がしなくなった。座敷に入って、腰を下ろしたらしい。

「茂次さん、渋谷も来やしたぜ」

三太郎が、声をひそめて言った。

「石垣という男も、来るようだな」

茂次は、石垣の旦那と呼ばれた男が、聖天一味のもうひとりの武士ではないかと思った。

「三太郎、今夜は長丁場になりそうだぜ」

茂次が目をひからせて言った。

七

板塀の陰は、夜陰につつまれていた。茂次と三太郎は、板塀の陰で凝《じっ》としたまま聞き耳をたてている。

家のなかから、三人の男の声が聞こえてきた。茂助と渋谷、それに石垣と呼ばれた男である。石垣の物言いから、武士であることが分かった。それに、とぎれとぎれに聞こえてくるやり取りから、石垣が聖天一味のひとりであることも知れた。

おまきは酒や肴を運ぶときだけ、男たちの座敷に入るようだった。男たちは、おまきにも知られたくない話をしているようだ。

茂次と三太郎は、辛抱強く三人の会話を聞いていたが、たいしたことは分からなかった。それというのも、大事な話になると急に声を落とし、茂次たちの耳にはとどかなかったからである。おそらく、茂助たち三人は、別の部屋にいるおまきに聞こえないように気を使っているのだろう。

それでも、猪八を連れだそうとした男たちが、源九郎たちに追い返されたことやはぐれ長屋の者たちを始末しないと、自分たちの身があやうくなる、などと口にしたのが、聞き取れた。

そのとき、家のなかで障子をあける音がし、「おまえさん、あたし、台所にいるよ」と、おまきの声がした。洗い物でもするつもりなのか、それとも肴でも作ろうというのか。おまきは座敷から離れたようだ。

……頭《かしら》が、そろそろ潮時だと言ってやしたぜ。

ふいに、茂助の声がはっきりと聞こえた。おまきが離れたので、ふだんの声で、話したらしい。

……もう、一軒だけだ。こうなったら、意地でも三崎屋だな。

と、後から来た石垣が言った。

……三崎屋をやった後、箱根へ湯治にでも行きやすか。

茂助が嘲《あざけ》るように言った。

その後、おまきが座敷にもどった足音がし、また三人の声がちいさくなった。いっときすると、男たちの声がすこし大きくなったが、深川の女郎屋の話だった。

その話が、しばらくつづいた後、

……華町と菅井は、おれたちが始末する。頭には、茂助から言っておけ。

渋谷のはっきりした声が聞こえ、立ち上がる気配がした。

戸口に向かう三人の床を踏む足音がし、「あら、お帰りですか」とおまきの声が聞こえた。

渋谷と石垣が、帰るらしい。

「三太郎、尾けるぜ」

「へい」

茂次と三太郎は、足音を忍ばせて家の表にまわった。

仕舞屋の引き戸があき、ふたりの武士が戸口に姿を見せた。ひとりは痩身、もうひとりは長身だった。渋谷と石垣である。

「旦那方、お気をつけて――」

茂助がふたりに声をかけた。

「茂助、今夜はおまきとお楽しみだな」

石垣が薄笑いを浮かべて言い、渋谷とふたりで戸口から離れた。

ふたりは、夜陰につつまれた竪川沿いの道を大川の方へむかって歩きだした。

「尾けるぜ」

「へい」

茂次と三太郎は、竪川沿いの通りに出た。

通りに人影はなく、ひっそりとしていた。川沿いの店は表戸をしめ、夜の帳《とばり》に沈んでいる。

頭上に十六夜《いざよい》の月が出ていた。月光が、前を行く渋谷と石垣の姿をぼんやりと照らし出している。すこし風があり、竪川の川面にさざ波がたって、汀《みぎわ》に寄せていた。石垣を打つ波音が、足元から聞こえてくる。

茂次と三太郎は、通り沿いの店《たな》の軒下の闇や岸際に植えられた柳の樹陰などをたどりながら、渋谷たちの跡を尾けていく。

渋谷と石垣は、二ツ目橋のたもとまで来ると、橋を渡らず、右手におれて南にむかった。そこは表通りで、道沿いには表店が並んでいた。南に向かうと、霊巌寺の脇を通って富ケ岡八幡宮の近くに出られる。

しばらく歩くと、通り沿いに町家が軒を連ねていた。その辺りは、深川北森下《きたもりした》町《まち》である。

北森下町に入って、二町ほど歩いたところで、渋谷たちは足をとめ、何やら言葉を交わした後、長身の石垣だけが左手の路地に入った。渋谷は、そのまま表通りを北にむかって歩いていく。

「三太郎、ふたりは別れたぜ」

「あっしらも、別に尾けやすか」

「よし、おれは渋谷を尾ける。おめえは、石垣を頼む」

茂次と三太郎は、小走りになった。そして、石垣が入った路地まで来ると、三太郎が左手に折れた。路地の先に、長身の石垣の姿がぼんやりと見えた。三太郎は、店の軒下や物陰の闇の深い場所をたどりながら、石垣の跡を尾けていく。

一方、茂次は渋谷の跡を尾けていた。渋谷は懐手をしたまま、夜道を南にむかって歩いていく。

渋谷は小名木川にかかる高橋を渡り、霊巌寺の脇を通って仙台堀にかかる海辺橋のたもとに出た。橋は渡らず、左手におれて仙台堀沿いの道を東にむかった。そこは、西平野町《にしひらのちょう》である。

渋谷は仙台堀沿いの道をいっときたどった後、仕舞屋の前で足をとめ、戸口の引き戸をあけて家のなかに入った。

借家ふうの小体《こてい》な家である。

……やつの塒か。

茂次は、足音を忍ばせて家の戸口に身を寄せた。

家のなかからかすかに話し声が聞こえた。渋谷と女の声である。男女の声であることは分かったが、話の内容までは聞き取れなかった。

……探るのは、明日だな。

茂次は戸口を離れ、来た道を引き返した。今日のところは、このままはぐれ長屋にもどろうと思ったのである。

そのころ、三太郎も北森下町の通り沿いにあった家の前に立っていた。その家に、石垣が入ったのだ。

大きな家だったが、だいぶ古く板壁が剝《は》がれたり軒先が垂れ下がったりしていた。家のなかからは、物音も話し声も聞こえなかった。家の側面が板壁になっていて、連子窓《れんじまど》になっている。

……剣術道場かもしれねえ。

と、三太郎は思った。それも、つぶれた町道場である。

三太郎は、足音を忍ばせて家の戸口から離れた。探るのは明日だ、と三太郎は思った。近所で聞き込めば、石垣がどんな男か知れるはずである。

# 第五章　賊の正体

## 一

「なに、剣術道場だったのか」

源九郎が、驚いたような顔をして三太郎に聞き返した。

そこは、はぐれ長屋の源九郎の家だった。源九郎の他に、菅井、茂次、三太郎の三人がいた。

茂次と三太郎が、渋谷と石垣の跡を尾けた二日後だった。茂次と三太郎は、渋谷たちの跡を尾けた翌日、西平野町と北森下町にあらためて出かけ、渋谷と石垣のことを聞き込んでから、源九郎の家に姿を見せたのだ。

ちょうど、菅井も源九郎の家に来ていたので、茂次たちの話をいっしょに聞いたのである。

「へい、道場は五年ほど前《めえ》につぶれたそうですが、石垣道場と呼ばれていたそうですぜ」

三太郎が言った。

「石垣道場か、聞いた覚えがあるぞ。たしか、道場主は石垣孫右衛門《まごえもん》で、神道無念流《しんとうむねんりゅう》だったはずだ」

源九郎は、石垣道場の名と流名は聞いていたが、道場主の顔は知らなかったし、門弟がどの程度いたのかも覚えていなかった。五年ほど前につぶれたとしても、源九郎の記憶にないのだから、たいした道場ではないだろう。

神道無念流は、斎藤弥九郎《さいとうやくろう》の練兵館《れんぺいかん》が有名で、北辰一刀流《ほくしんいっとうりゅう》・千葉周作《ちばしゅうさく》の玄武館《げんぶかん》や、鏡新明智流・桃井春蔵の士学館などと並び、江戸の三大道場と謳《うた》われ、多くの門人を集めていた。おそらく、石垣は練兵館で神道無念流を修行し、北森下町に町道場をひらいたのであろう。

「菅井、石垣道場のことを知っているか」

源九郎は、菅井に顔をむけて訊《き》いた。

「噂は聞いた覚えがある。……たしか、稽古は木刀を遣っての型稽古《かたげいこ》が中心で、

七、八年前門弟が喉を木刀で突かれて死んだことがあったな」
菅井が首をひねりながら言った。あまり、自信はないらしい。

ちかごろ、江戸の剣術道場の多くが、竹刀や防具を使用しての試合形式の稽古を取り入れていた。門弟たちは木刀を遣っての型稽古より、試合形式の稽古を好んだ。実戦さながらに打ち合うことで、己の上達ぐあいが分かるし、勝敗を決するおもしろさもあるからだ。そのため、練兵館や玄武館などでも、盛んに竹刀を遣っての試合稽古がおこなわれていたのである。

「そういえば、わしも、門弟が死んだという話を聞いた覚えがあるぞ」

源九郎は思い出した。門弟の死がきっかけで、石垣道場を去る門弟が急に増えたということだった。

「それで、門をとじたのだな」

道場は、そのまま残されたのだろう、と源九郎は思った。

「石垣は、道場の裏手にある家に、ひとりで住んでるそうですぜ」

三太郎が聞き込んだことによると、道場の裏手には母屋があり、そこに石垣は住んでいるという。母屋といっても、座敷が二部屋とせまい台所があるだけだった。また、近所に住む年寄りの下女が、飯炊きや洗濯に通っているそうだ。

「石垣に、妻子はいなかったのか」

源九郎が訊いた。

「独り暮らしだったそうですよ」

「石垣は、道場をとじてから、聖天一味にくわわったのかもしれんな」

源九郎が、つぶやくような声で言った。

石垣が道場主のころから、夜盗にくわわっているはずはなかった。道場がつぶれた後、深川や浅草界隈《かいわい》で遊ぶようになり、聖天一味の者と知り合って仲間になったのかもしれない。それに、口を糊するためにも、何かして稼がねばならない事情もあっただろう。

「茂次、渋谷はどうだ」

源九郎が、茂次に顔をむけて訊いた。

「やつの塒《ねぐら》は、西平野町ですぜ」

茂次が、仙台堀沿いにある借家だと言い添えた。

「独り暮らしか？」

「それが、おもんという妾をかこっていやす」

茂次が借家の近くで聞き込んだことによると、渋谷は三年ほど前から借家におもんを連れ込み、いっしょに暮らしているという。

「渋谷は、何をして暮らしをたてていたのだ？」

　牢人のようだが、何かして糧を得なければ生きてはいけないだろう。それに、借家に妾をかこっているとなると、かなりの実入りがあったとみなければならない。

「近所の連中は、渋谷は働かないで遊んでいるようだと言ってやした」

　茂次が言った。

「渋谷は、その借家に住む前から盗人一味にくわわっていたのかな」

　三年ほど前は聖天一味と呼ばれていなかったが、頭目の弥五郎とつながりがあったとも考えられる。それに、弥五郎は聖天町にいたころの名で、その後、別の名を遣っているかもしれない。

「深川の八幡さま界隈で、遊んでいるのを見かけた者もいやしたぜ」

　深川の富ケ岡八幡宮の界隈は、岡場所でも知られた繁華街がひろがっている。

「八幡宮界隈が、縄張《しま》だったのかもしれんな。いずれにしろ、真っ当な男ではあるまい」

　源九郎がそう言ったとき、

「華町、渋谷の遣う横雲とかいう太刀だがな、心当たりはあるのか」

と、菅井が訊いた。

源九郎は、菅井に横雲のことを話してあったのだ。

「ない。あのような太刀は、初めてだ」

源九郎の顔が、ひきしまった。源九郎の胸には、渋谷が遣った横雲の太刀が強く残っていたのだ。

「横雲は、真剣勝負をとおして工夫されたものだな」

菅井も、いつになく厳しい顔をしていた。ひとりの剣客として、菅井も横雲の太刀に強い関心を持っていたようだ。

「わしも、そうみた」

横雲は、竹刀や木刀での稽古や立ち合いのなかで工夫された刀法ではない、と源九郎はみていた。ひとを斬るためだけに工夫された必殺剣であろう。

「渋谷は、人を斬って暮らしの糧を得てきたのではないかな」

菅井が言った。

「そうかもしれぬ」

源九郎も、渋谷は人斬りを稼業にして生きてきた男のような気もした。そうであれば、盗人とかかわりはなくとも、口を糊することができただろう。

次に口をひらく者がなく、座敷が重苦しい沈黙につつまれたとき、

「いずれにしろ、聖天一味の様子がだいぶ知れてきたな」

と、源九郎が菅井に目をやって言った。

聖天一味は滝造が死んだので、残っているのは五人だった。頭目の弥五郎、茂助、大工だった安次郎、牢人の渋谷、道場主だった石垣である。そのなかで、茂助、渋谷、石垣の三人の塒はつかんでいた。

「華町の旦那、茂助を引っ張りやすか。やつをたたいて、口を割らせれば、頭《かしら》と安次郎の塒が知れやすぜ」

茂次が、身を乗り出すようにして言った。

「それも、手だが……」

源九郎は、なにも長屋の者がやらなくても栄造に話し、町奉行所同心の村上に伝えて町方の手でやればいいと思っていた。

「渋谷と石垣は、どうするのだ」

菅井が訊いた。

「茂助を捕らえるのといっしょに、ふたりを始末した方がいいな」

茂助が捕らえられたことを渋谷たちが知れば、それぞれの隠れ家から姿を消すのではないか、と源九郎はみていた。

ただ、源九郎には一抹の不安があった。安次郎はともかく、頭目の弥五郎の姿がまったく見えてこないことだった。弥五郎という名も若いころの名で、いまも弥五郎を名乗っているとは思えない。とすれば、聖天一味の頭目だけ、名も隠れ家もまったくつかめていないことになる。

そのことを源九郎が話すと、

「茂助なら、弥五郎の塒も知っているはずですぜ」

と、茂次が言った。

「だがな、茂助が捕らえられたことを知れば、真っ先に姿を消すのは、頭目の弥五郎ではないかな」

茂助が、町方の吟味ですぐに自白するとは思えなかった。弥五郎が、茂助の捕縛を知る方が先だろう。

そうなると、弥五郎たちは隠れ家から姿を消すだけでなく、江戸から逃走するのではあるまいか——。それらしい話を、茂助や渋谷たちもしていたのだ。江戸から逃げられると、弥五郎たちを捕縛するのは、困難になるだろう。

源九郎たちは弥五郎に逃げられてもかまわないが、猪八や三崎屋は不安が消えないだろう。それに、渋谷や石垣が弥五郎といっしょに逃走すれば、源九郎や菅井にとっても、事件のかたが付いたことにならない。

「どうだな、何日か、茂助、渋谷、石垣の三人の跡を尾けてみないか。……頭目の弥五郎と連絡をとるはずだがな」

源九郎は、数日だけ尾行し、茂助たちが弥五郎と接触しないようであれば、そのとき捕縛すればいいと思った。

「華町、三人もの跡を尾けまわすのは、大変だぞ。……何も、おれたちが、そこまですることはないがな」

菅井が渋い顔をして言った。

「菅井の言うとおりだな。栄造にも声をかけよう」

源九郎が、わしも、やるぞ、と言い添えた。

「華町もやるのか」

菅井が訊いた。

「わしもやる。それに、三崎屋の警備は、ひとりで十分だろう。なにしろ、聖天一味の者たちの隠れ家に、わしらが張り込むのだからな。聖天一味が、三崎屋に押し入るかどうかは分かるはずだ」

「それなら、おれもやろう。……ひとりだと、将棋はむりだからな」

菅井が、仕方なさそうに言った。

二

腰高障子の向こうで、足音が聞こえた。すこし、足を引き摺《ず》っている。孫六である。

足音は戸口でとまり、

「華町の旦那、いやすか」

と、孫六の声が聞こえた。

「いるぞ、入ってくれ」

源九郎は、袴の紐を締めながら言った。

腰高障子があいて、孫六が姿を見せた。打飼《うちがい》のように、風呂敷包みを腰に巻いている。

「孫六、腰の物はなんだ」

源九郎は、大刀を腰に差しながら訊いた。

「握りめしでさァ」

　孫六が、目を細めて言った。

「おまえ、朝めしはまだだったのか」

　すでに、陽は高かった。五ツ半（午前九時）ごろになるのではあるまいか。

「旦那ァ、朝めしじゃァねえ。昼めしを用意したんで――」

　孫六が呆《あき》れたような顔をして言った。

「昼食《ちゅうじき》か」

「そうでさァ。……あっしが、おみよに、今日は華町の旦那と遠出すると話したんでさァ。そしたら、おみよが、華町の旦那といっしょに食べておくれ、と言いやしてね。ふたり分の握りめしを用意してくれたんでさァ」

　孫六が目を細めて嬉しそうな顔をした。

　おみよは、孫六の娘である。亭主は又八《またはち》というぼてふりで、富助《とみすけ》という男児もいる。孫六は隠居して、おみよの世話になっていたのだ。

「おみよは、気が利くな」

　源九郎は土間に下りると、戸口から外に出た。

「それほどでもねえ……」

孫六は照れたような顔をして、源九郎についてきた。

これから、源九郎と孫六は北森下町に出かけ、石垣の住む道場を見張るつもりだった。

ふたりは長屋の路地木戸から路地に出ると竪川の方に足をむけた。

「孫六、石垣も渋谷も動かんようだな」

源九郎が路地を歩きながら言った。

はぐれ長屋の者と岡っ引きの栄造が手分けして、渋谷、石垣、茂助の三人を見張るようになって三日経っていた。この間、渋谷と石垣は、隠れ家にいることが多く、出かけるといえば近くの一膳めし屋やそば屋などに、飲みにいくくらいだった。ただ、茂助は隠れ家にいることはすくなく、よく出歩いていた。富ケ岡八幡宮の女郎屋に出かけたり、おまきの気を引くつもりなのか、古着屋を覗いて女物の古着を買い込んだりしていた。

「茂助の動きが、気になりやすが……」

孫六が、むずかしい顔をして言った。

「町を歩きまわり、町方やわしらの動きを探っているのかもしれんな」

「あっしも、そんな気がしやす」

ふたりは、そんな話をしながら竪川沿いの道を東にむかった。竪川にかかる二ツ目橋を渡り、まっすぐ南に向かえば、石垣道場のある北森下町に出られる。

町家のつづく北森下町へ入ると、

「華町の旦那、こっちですぜ」

孫六が先にたった。孫六は一昨日、菅井とふたりで、石垣道場を見張っていたのだ。

今日の三崎屋の警備は、菅井ひとりで行くことになっていたので、源九郎が石垣道場の見張りを代わったのである。

表通りから路地に入ってすぐ、孫六は路傍に足をとめ、

「あれが、石垣道場ですぜ」

と言って、前方の家を指差した。

「なるほど、道場だな」

大きな家で、側面が板壁になっていて連子窓《れんじまど》がついていた。戸口の引き戸はしまっていたが、玄関ふうの造りになっている。ただ、だいぶ古く、板壁や庇《ひさし》が朽ちかけていた。

「石垣はいるかな」

「道場の裏手が、母屋になってやしてね。そこにいるはずでさァ」

「そうか」

裏手に目をやると、道場につづいて小体《こてい》な家があった。そこに、石垣は住んでいるらしい。

「ところで、孫六たちはどこで見張っていたのだ」

そこは寂しい路地で、道沿いに小店や仕舞屋《しもたや》などがつづいていたが、空き地や笹藪《ささやぶ》なども目についた。

「笹藪の陰から見張っていやした」

孫六が、こっちでさァ、と言って、源九郎を連れていった。

道場の斜《はす》向かいにある空き地の笹藪の陰だった。空き地といっても狭い土地で、笹藪でおおわれている。

「あっしらは、ここに腰を下ろして見張ってたんで」

孫六が笹藪の陰を指差した。

笹が切り取られ、地面が踏み固められていた。切り取った笹の一部が、地面に敷かれている。

「これは、いい」

さっそく、源九郎は刀を鞘ごと抜くと、地面に敷かれた笹の上に腰を下ろした。

その場から道場に目をやると、丈の高い笹の向こうに道場の戸口近くが見えた。孫六によると、石垣は裏手の母屋から道場の脇を通って路地に出てくるので、その姿を見ることができるという。

「ちょいと、あっしが、母屋を覗いてきやしょう」

石垣が母屋にいるかどうかみてきやす、と孫六が言い残し、その場を離れた。

源九郎がその場に腰を下ろして、いっとき待つと、孫六が小走りにもどってきた。

「どうだ、石垣はいたか」

すぐに、源九郎が訊いた。

「いやしたぜ」

孫六によると、石垣の顔は見なかったが、裏手の母屋から武家言葉を遣う男の声が聞こえたそうだ。年寄りらしい女の声も聞こえたので、石垣が下女と何か言葉を交わしていたのではないかという。

「ここで、待とう」

源九郎は、そろそろ石垣も動くのではないかと思った。

それから、一刻（二時間）ほどして、ふたりは孫六が持参した握りめしを食った。

「うまいな！　おみよの炊くめしは、格別だな」

源九郎は、茶か水があれば、もっとうまいだろうと思ったが、口にしなかった。せっかく、おみよが作って孫六に持たせてくれた弁当に、けちをつけたくなかったのだ。

握りめしを食い終え、満腹になると、今度は眠くなってきた。無理もない。静かな笹藪の陰に座り、いつ姿を見せるかしれない石垣を待っているのである。

ああああっ……。

源九郎が口を押さえて、欠伸《あくび》をしたとき、

「出て来た！」

と孫六が言い、指先で源九郎の肩先をつついた。

すぐに、源九郎は腰を浮かし、笹藪を透かして道場に目をやった。

道場の脇から、路地に出てくる人影が見えた。顔は見えなかったが、長身の武士だった。羽織袴姿で、二刀を帯びている。

「石垣だな」

源九郎は、三太郎から石垣の体軀を聞いていたのである。

石垣は路地に出ると、表通りの方に足をむけた。

「孫六、尾けるぞ」

源九郎が立ち上がった。

「へい」

源九郎たちは、笹藪の陰から路地に出た。

三

石垣は表通りに出ると、南に足をむけた。

「渋谷の塒へ、行くつもりかな」

孫六が、石垣の背に目をやりながら言った。

その通りは霊巌寺の脇を経て、渋谷の塒のある西平野町にも通じている。

「どうかな」

何とも言えなかった。石垣は、富ケ岡八幡宮界隈の繁華街へ遊びに行くだけかもしれない。

八ツ（午後二時）過ぎだった。上空は雲でおおわれていたが、薄日が射していた。雨の心配はなさそうだ。

石垣は小名木川にかかる高橋を渡ると、左手にまがった。三崎屋のある海辺大工町とは反対側である。

「おい、まがったぞ」

「渋谷の塒に行くんじゃァねえ」

源九郎と孫六は、足を速めた。石垣が橋のたもとを左手にまがったのは分かったが、川沿いに軒を並べている町家の陰になって、石垣の姿が見えなくなったのだ。

ふたりは急いで高橋を渡り、橋のたもとに出ると、左手の通りに目をやった。

「あそこだ！」

孫六が指差した。

石垣の背が見えた。小名木川沿いの道を横川へむかって歩いていく。川沿いにつづいている町は海辺大工町だが、すぐに町家はとぎれ、大名の下屋敷などがつづいていた。

源九郎と孫六は、天水桶の陰に身を隠したり、行き交うひとの背後にまわったりして石垣の跡を尾けた。

前方に、小名木川にかかる新高橋が見えてきた。薄日に照らされた川面が、油でも流したかのようににぶくひかっている。

石垣は新高橋のたもとにある店の前で足をとめた。二階建ての店だが、遠方ということもあって、何を商う店か分からなかった。

その辺りは、扇橋町《おうぎばしちょう》だった。小名木川と横川が交差している場所で、横川に扇橋がかかっていることから、扇橋町と呼ばれているようだ。

「店に、入りやしたぜ」

孫六が足を速めながら言った。

石垣は店先に立ち、橋のたもとの左右に目をやってから店に入っていった。

「近付いてみよう」

源九郎と孫六は、通行人を装って店に近付いた。

「旦那、古着屋ですぜ」

孫六が源九郎に身を寄せて言った。

店先に古着が吊してあった。小名木川の川面を渡ってきた風に、様々な色模様の古着が揺れている。

源九郎たちは、通行人を装って古着屋の前を通りながら店内に目をやった。店のなかにも、古着が吊してあった。なかは薄暗く、石垣の姿も店の奉公人の姿も見えなかった。

ふたりは、新高橋のたもとの川岸に植えられた柳の陰に足をとめた。

「旦那、石垣は古着を買いに来たんですかね」

孫六は、腑に落ちないような顔をした。

「古着を買いに来たとは思えんが……」

源九郎が首をひねった。そのとき、源九郎の脳裏に、茂助が古着屋で女物の着物を買っていた、と茂次が口にした言葉がよぎった。

……この古着屋かもしれない！

と、源九郎は気付いた。

源九郎は茂次から話を聞いたとき、どこの古着屋か訊かなかった。茂助が、おまきの気を引くために買ったのではないか、と口にした言葉をそのまま信じたからである。

だが、こうして石垣が古着屋に入るのを目の当たりにすると、茂助もこの古着屋に立ち寄ったのではないかという気がした。そうであれば、この店はただの古着屋ではないはずだ。茂助も石垣も、古着を買うために店に立ち寄ったのではないだろう。

……店の者に、会うためではあるまいか。

源九郎は、頭目の弥五郎ではないかと思った。

「孫六、この古着屋には、何かあるぞ」

源九郎が、低い声で言った。顔がひきしまり、双眸《そうぼう》が鋭いひかりを帯びていた。ふだんの人のよさそうな茫洋《ぼうよう》とした顔がひきしまり、凄《すご》みのある面貌《おもて》に変わっていた。

「探ってみやすか」

孫六も目をひからせていた。腕利きの岡っ引きらしい顔である。この店は、ただの古着屋ではないと睨んだのだろう。

「どうやって、探るのだ」

源九郎が訊いた。

「とりあえず、近所で聞き込んでみやしょう」

「分かった」

「旦那、近所といっても、店の近くはだめですぜ。店の者に、あっしらが探っていたことを気付かれたら、姿を消しちまうかもしれねえ」

孫六が顎を突き出すようにして言った。

「孫六にまかせよう」

ここは、岡っ引きだった孫六の指図にしたがおう、と源九郎は思った。

ふたりは、横川沿いの道に出て、古着屋から一町ほど離れたところに笠屋があるのを目にとめた。店先に菅笠、網代笠《あじろがさ》などが吊してある。

店の看板には、「合羽処《かっぱどころ》」とも書いてあった。笠だけでなく、合羽を売っているらしい。

店のなかを覗くと、店のあるじらしい年配の男が座敷のなかほどに座し、網代笠を手にして品定めをしていた。

「ちょいと、すまねえ」

孫六が店に入って、あるじらしい男に声をかけた。

「いらっしゃいませ」

男は愛想笑いを浮かべて、孫六のそばに来た。孫六を客と思ったようだ。

源九郎は店先に立ち、網代笠を眺めていた。耳は、孫六と店のあるじの方にむけられている。

「あるじかい」

「はい、歳造《としぞう》ともうしやす」

「歳造か。……手間をとらせてすまねえが、ちょいと聞きてえことがあってな」

そう言うと、孫六は手早くふところから巾着《きんちゃく》を取り出し、波銭を何枚かつまみ出して男の手に握らせてやった。鼻薬である。その手際といい物言いといい、腕利きの岡っ引きそのものである。隠居し、酒だけを楽しみにして生きている年寄りには見えなかった。

「これは、これは……。親分さんですか」

歳造が、腰をかがめながら言った。

「まァな」

孫六は、否定しなかった。岡っ引きと思わせておいた方が話が聞きやすいからである。

「橋のたもとに、古着屋があるな」

「はい……」

「あるじの名を知ってるかい」

「久兵衛《きゅうべえ》さんですが――」

歳造の顔から愛想笑いが消えていた。歳造も古着屋に対し、何か不審を抱いているのかもしれない。

弥五郎ではなかった。もっとも、弥五郎という名をいまも使っているとは思えなかったので、久兵衛を名乗る男が聖天一味の頭目であっても何の不思議もない。

「久兵衛は、あの店を始めて長《なげ》えのかい」

孫六は厳しい顔付きのまま訊いた。孫六も、久兵衛が、聖天一味の頭目だと睨んでいるのだろう。

「いえ、まだ三年ほどですよ。もっとも、古着屋はてまえが子供のころから、あそこにありましたけどね」

歳造によると、古着屋をひらいていたのは伊勢吉《いせきち》という男で、七年ほど前に病で死んだという。伊勢吉の倅の宗次郎《そうじろう》という男が店を継いだが、宗次郎は放蕩者《ほうとうもの》で、岡場所に出かけたり、料理屋に出かけたりして商売に熱心ではなかったという。そのため、左前になり三年ほど前に店を手放す羽目に陥ったそうだ。

「その店を居抜きで買い取ったのが、久兵衛さんですよ」

歳造が、声をひそめて言った。

「久兵衛だが、歳はどれほどだい？」

「五十がらみでしょうかね。……独り者で、家族はいないようですよ」

歳造によると、下働きの老爺が奉公しているだけだという。

「それが、久兵衛さんは変わった人でしてね。……昼間はほとんど店から出ないくせに、陽が沈むころになると、駕籠《かご》を呼んで出かけることがあるんですよ」

「どこへ、行くのだ？」

「噂ですがね、仲町に馴染みの女がいるようですよ」

歳造が口許に卑猥《ひわい》な笑みを浮かべたが、すぐに硬い表情にもどった。

仲町とは、永代寺門前仲町のことで、富ケ岡八幡宮の門前通りにひろがる繁華街である。

「駕籠で、綺麗所のいる店に繰り出すのかい。豪勢だな。古着屋が、繁盛してるようには見えねえがな」

孫六が、腑に落ちないような顔をして言った。

「店の客はすくないようですが、久兵衛さん、独り暮らしですからねえ。……儲《もう》かった金は、みんな馴染みの女に注ぎ込んでいるのかもしれませんよ」

「そうかい」

孫六は首をかしげた。独り暮らしでも、駕籠で仲町の料理屋に繰り出すほど儲けがあるとは思えなかったのだろう。

「いま、来るときな。店先を通ったんだが、二本差が店に入《へえ》ったぜ。なにかい、あの店には二本差も来るのかい」

孫六は別のことを訊いた。

「そうなんですよ。てまえも、お侍さまやご牢人が、店に入るのを何度か見たことがありますよ」

歳造が小声で言った。

「変わった店だな」

孫六は念のために店に来る武士や牢人の名を訊いてみたが、歳造は、名までは知らなかった。

それから、孫六は声をあらため、

「あの古着屋で、古着を盗んだやつがいてな。それで、店の様子を訊いてみたんだが、内緒にしておいてくんな」

と言い残して、店を出た。歳造が、古着屋のことを岡っ引きが調べにきたなどと口にし、久兵衛の耳にでも入ると、姿を消すのではないかと思ったからである。

孫六は源九郎とふたりで来た道を引き返しながら、歳造から聞いたことを源九郎に話した後、

「久兵衛が、聖天一味の頭にちがいねえ」

と、昂《たかぶ》った声で言った。

「孫六、やっと頭目の居所をつかんだな」

源九郎の声にも、強いひびきがあった。

「あの古着屋が、盗人宿かもしれねえ」

孫六が低い声で言った。

「うむ……」

盗人宿かどうか分からないが、聖天一味の密談場所になっていることはまちがいないようだ、と源九郎は思った。

## 四

源九郎と孫六が、笠屋に立ち寄っていたところ、茂次と三太郎は、六間堀沿いの道を南に向かって歩いていた。そこは、六間堀の西側の道である。ふたりの半町

ほど前を、茂助が歩いている。

茂次と三太郎は、茂助の跡を尾けてきたのだ。五ツ半（午前九時）ごろから、ふたりは、林町に来て茂助の塒の板塀の陰に隠れて見張っていたが、いっとき前に茂助が塒を出たのである。

「やつは、どこへ行く気ですかね」

三太郎が歩きながら訊いた。

「分からねえな」

いま、茂助が歩いている道をそのまま行くと小名木川に突き当たるが、すぐに大川端に出る。渋谷や石垣の家へ行く道とはちがっていた。

茂助は小名木川に突き当たると、川沿いの道を右手におれ、紀伊家下屋敷の脇を通って、万年橋のたもとに出た。そこは大川端で、前方に大川の川面がひろがっていた。その先には、日本橋の家並がかすんだように見えている。

茂助は万年橋を渡ると、すぐに左手におれて小名木川沿いの道を東にむかった。そこは、海辺大工町である。

すこし歩くと、前方に土蔵造りの二階建ての大店《おおだな》が見えてきた。店の脇には、材木を保管する倉庫が二棟あった。材木問屋の三崎屋である。

「おい、茂助は三崎屋に来たのか」

茂次が驚いたような顔をして言った。

「まさか……」

三太郎も、腑に落ちないような顔をしている。

そのとき、茂助が足をとめ、川岸に立って通りの左右に目をやった。何か探しているような素振りである。

茂助は岸際から離れると、三崎屋の方に半町ほど歩き、桟橋につづく短い石段を下りた。三崎屋専用の桟橋で、三艘の猪牙舟《ちよきぶね》が舫《もや》ってあった。船頭がふたり、角材を舟から下ろしていた。木場から運んできたのかもしれない。

「茂助は、何をする気ですかね」

三太郎が訊いた。

「分からねえ」

茂次と三太郎は川岸に身を寄せて、桟橋に目をやった。

茂助は桟橋に下りると、角材を舟から下ろしている船頭に近付き、何やら話しかけていた。

「何か、訊いてるようだな。三崎屋のことかもしれねえなァ」

茂助は三崎屋を探りにきたのではないか、と茂次は思った。

見ていると、茂助はもうひとりの船頭にも近寄って何やら話しかけていた。

ふたりの船頭が材木を積んだ舟にもどると、茂助は桟橋から離れ、石段を上がって通りに出てきた。

茂助は川岸の柳の樹陰に立ったまま、しばらく三崎屋の方に目をやっていたが、大工らしい男が近付いて来ると、樹陰から出て声をかけた。茂助は大工らしい男といっしょに歩きながら、何か話している。

茂助は男から離れると、ふたたび三崎屋の方に歩きだした。茂助は店の前ですこし歩調をゆるめたが、足をとめることもなくそのまま通り過ぎた。ぶらぶらと、小名木川沿いの道を東にむかって歩いていく。

「三太郎、茂助を尾けてくれ」

茂次が言った。

「茂次さんは？」

「おれは、桟橋にいるふたりの船頭に話を聞いてみる。やつが何を探っていたか、気になるんだ」

そう言って、茂次は樹陰から出た。

三太郎は小走りになって、遠ざかっていく茂助の後を追った。

一方、茂次は桟橋に下りると、角材を桟橋に下ろし終え、船梁《ふなばり》に腰を下ろして一服している船頭に近付いた。

「すまねえ、とっつァん、ちょいと訊きてえことがあってな」

茂次は、陽に灼《や》けた赤ら顔の男に声をかけた。

もうひとりは、すこし離れた舟の上で、船底に敷いた茣蓙《ござ》を直している。

「おめえさん、うちの店に来てる茂次さんじゃァねえか」

赤ら顔の男は、茂次が三崎屋の警備のために店に来たのを知っているようだ。

「そうだよ」

「何が訊きてえんです？」

そう言って、男は手にした煙管《きせる》の雁首を船縁でたたいた。吸い殻が水面に落ちて、ジュッ、という音をたてた。すぐに、吸い殻がばらけ、水中にひろがりながら消えていった。

「いま、ここに遊び人ふうの男が来て、何か訊いていったな」

「へい」

「何を訊いたんだ」

「茂次さんや華町の旦那たちのことでさァ」

「おれや華町の旦那だって?」

「やつは、三崎屋が押し込みを恐れて、二本差を何人も雇ってると聞いたが、ほんとのことか、と訊いたんでさァ」

「それで?」

「なんで、そんなことを訊くのだと、聞き返してやったんでさァ」

赤ら顔の男の声が大きくなった。

「そいつは、どう答えた?」

「やつは、おれにはかかわりがねえから、どうでもいいが、まるで、大名屋敷の見まわりのようじゃねえか、と嘲《あざけ》りながらぬかしやがったんで――」

赤ら顔の男の声に、怒ったようなひびきがくわわった。

「おめえ、なんて答えた?」

「いまは、ひとりしかいねえ。それも、見まわりなんかしてねえ、と言ってやったんでさァ」

「そうかい」

茂助は、三崎屋の警備の様子を探ったのだ、と茂次は察知した。

「もうひとりにも、訊いてたな」

茂次は、茣蓙を敷き終えた船頭に目をやった。

「五助《ごすけ》には、奉公人のことを訊いてやしたぜ。……五助は、てめえなんぞに話すこたァねえ、と突《つ》っ撥《ば》ねやした」

赤ら顔の男がそう言うと、五助と呼ばれたもうひとりの船頭が、

「どこの馬の骨とも、分からねえやつに、話すことはねえ、と言ってやったんでさァ」

と、声を上げた。五助には、茂助と赤ら顔の男のやり取りが聞こえていたらしい。

それから、茂次は、いま話していった男を知っているか、あらためて訊いてみた。すると、ふたりとも知らないと答えた。

「手間をとらせたな」

茂次は、ふたりの船頭に礼を言って桟橋から離れた。

その夜、茂次ははぐれ長屋で三太郎と顔を合わせると、茂助がどこへ行ったか訊いた。三太郎によると、茂助はそのまま林町の塒にもどったという。

## 五

翌日の昼過ぎ、源九郎は茂次と三太郎から茂助のことを聞くと、すぐに長屋にいた菅井を呼んできた。孫六と平太は、茂助の塒を見張るために昼前から林町にむかい、いまは長屋にいなかった。

源九郎は菅井に、茂次が三崎屋の船頭から聞き込んだことをかいつまんで話してから、

「茂助が、三崎屋の警備の様子を探ったようだ」

と、言い添えた。

「どういうことだ？」

「聖天一味は、三崎屋に押し入るつもりではないかな」

源九郎が言うと、すぐに、茂次が、

「まちげえねえ。……あっしと三太郎とで、茂助の塒に張り込んだとき、こうなったら、意地でも三崎屋だ、と石垣が言ってたんでさァ。それに、茂助が、三崎屋をやった後、箱根へ湯治にいくようなことを口にしてやしたぜ」

と、話すと、そばにいた三太郎もうなずいた。

「それで、茂助が三崎屋の警備がどうなっているか、探ったにちがいない。しかも、三崎屋の船頭が、いま三崎屋には、警備としてひとりしか寝泊まりしてないことを茂助に話したようだ」

源九郎が、つづいて話した。

「聖天一味は、三崎屋に押し込んでくるな」

菅井が、顔をひきしめて言った。

「まちがいないな。それも、ここ数日のうちに、襲うはずだ」

聖天一味も、町方や源九郎たちの探索の手が迫っていることを察知しているはずである。それに、聖天一味にとって都合のいいことに、三崎屋の警備はひとりになっている。利根屋と同じように、警備の者を始末して金を奪うことができると踏むはずだ。

「先手《せんて》を打つか」

ふいに、菅井が言った。

「先手とは？」

「おれたちが、聖天一味の塒を襲って始末するのだ。頭目の塒もわかったし、渋谷と石垣の居場所もつかんでいる」

「それもいいが、四人別々の塒を同時に襲うのか」

源九郎は、むずかしいと思った。いまは久兵衛を名乗っている頭目の弥五郎、渋谷、石垣、茂助とそれぞれの居場所がちがう。四か所に、捕方なり討っ手なりを差し向けるとなると、はぐれ長屋の者たちだけではどうにもならない。栄造に話して町方の捕方を集めるとしても、事前に弥五郎たちに察知される恐れがある。

「うむ……」

菅井がけわしい顔をした。いい手ではないと思ったのかもしれない。

「それよりな、一味を一か所に集めて、取り囲んで襲ったらどうだ。まだ、居所の分からない安次郎もいっしょにな」

源九郎が言った。

「そんな手があるのか」

菅井が身を乗り出すようにして源九郎に訊いた。

「ある、三崎屋だよ」

「三崎屋だと？」

「そうだ、聖天一味が三崎屋に押し入ったとき、待ち伏せて一気に襲えばいいのだ」

「華町、いつ押し入るか、分からんではないか。連日、大勢で三崎屋につめているわけにはいくまい」

菅井が、渋い顔をした。

「いや、聖天一味が、いつ押し入るかは分かる。……押し入る夜に、頭目である弥五郎の店に、一味の者が集まって押し入る仕度をするはずだ。扇橋町にある古着屋を見張っていればいい。……この長屋から、三崎屋は遠くない。知らせを受けてから、三崎屋に走っても十分間に合うはずだ」

源九郎は、長屋の者だけではたりないので、栄造から村上に話しておいてもらい、捕方を手配しておいてもらおうと思った。

「よし、それでいこう」

菅井が声を上げた。

「あっしらで、古着屋を見張ればいいわけだな。とっつァんと平太には、あっしから話しておきやすぜ」

茂次が言った。とっつァんというのは、孫六のことである。

「明日にでも、わしから栄造に話しておこう」

源九郎は、村上なら聖天一味に気付かれないよう捕方を手配しておくだろうと思った。それに、大勢の捕方はいらないはずだ。源九郎と菅井とで、渋谷と石垣の相手をすることになるので、残る聖天一味は弥五郎、茂助、安次郎の三人だけである。

翌朝、源九郎は平太を連れて浅草諏訪町に向かった。栄造に会うためである。平太を同行したのは、栄造の下っ引きだったし、とりわけ足が速いので、連絡のために役に立つと思ったからである。

勝栄は、まだ暖簾《のれん》が出ていなかったが、栄造は板場にいた。お勝とふたりで、店をひらく前の仕度をしていたようだ。

源九郎は板敷きの間の上がり框《がまち》に腰を下ろすと、

「聖天一味の隠れ家が、知れたよ」

と、前置きして、弥五郎、茂助、渋谷、石垣の四人の居所を話し、弥五郎が久兵衛を名乗っていることも言い添えた。

「さすが、華町の旦那だ。町方より、手が早《はえ》えや」

栄造が、驚いたような顔をして言った。

「それでな、聖天一味の捕縛は、村上どのに頼みたいのだがな。親分から、話してくれんか」

「ありがてえ。聖天一味をお縄にできるとなりゃァ、てえへんな手柄だ。村上の旦那も、喜ぶはずですぜ」

めずらしく、栄造が興奮した口調で言った。

「ただ、渋谷と石垣は、わしと菅井とで相手したいのだがな」

町方としても、源九郎たちが渋谷と石垣の相手をすれば有り難いはずだった。ふたりは遣い手なので町方の手で捕らえようとすれば、大勢の犠牲者が出るだろう。

「願ってもないことで」

栄造は、すぐに承知した。

「それでな、聖天一味が三崎屋に押し入ったとき、取り押さえたいのだ。親分から村上どのに、弥五郎たちに気付かれぬよう捕方を手配しておくよう話しておいてくれんか」

源九郎は、一味の居所がそれぞれ別であることや一度に捕らえないと逃走される恐れがあることなどを話した。

「承知しやした」

栄造が顔をひきしめて言った。

六

ガラリ、と腰高障子があいて、平太が顔を出した。走りづめで来たらしく、顔が紅潮し、肩で息している。

座敷にいた源九郎は、すぐに立ち上がり、

「どうした、平太」

と、訊いた。聖天一味に動きがあったようだ。

平太は、茂次たちといっしょに扇橋町の古着屋を見張っていた。一味に動きがあったら、足の速い平太が知らせにくる手筈《てはず》になっていたのだ。

「あ、集まりやした！　古着屋に」

平太が息をはずませながら言った。

「集まったか！」

「へい」

「それで、人数は？」

源九郎は座敷の隅に置いてあった刀を差した。

「弥五郎も入れて、五人でさァ」

「聖天一味が、そろったようだな。……それで、諏訪町の親分には？」

諏訪町の親分とは、栄造のことである。

「親分のところには、仙吉《せんきち》が走りやした」

仙吉も下っ引きだが、平太と同じように足が速いことで知られていた。

「平太、孫六にも、知らせてくれ」

菅井は、三崎屋にいた。茂次と三太郎は、扇橋町にいる。長屋に残っていたのは、源九郎と孫六だけである。孫六は捕物の戦力にならないだろうが、ひとりだけ置いていくと後がうるさい。

「すぐ、行きやす」

そう言い残し、平太は孫六の家へ駆けていった。

源九郎はひとり路地木戸から出て、竪川沿いの道へむかった。これから、三崎屋まで行くのである。

七ツ半（午後五時）ごろだった。陽は家並の向こうにまわっていたが、家々の間から路地に夕陽が射し込み、家の影と陽射しの縞《しま》模様を刻んでいた。

源九郎は、まだ人通りのある路地を足早に歩き、竪川沿いの通りに出た。そして、御舟蔵の脇まで来たとき、背後で、「旦那ァ!」と呼ぶ声が聞こえた。振り返って見ると、平太と孫六が駆けてくる。

源九郎は路傍に足をとめ、孫六と平太が近付くのを待って、三崎屋にむかった。

暮れ六ツ(午後六時)前に、源九郎たちは三崎屋に入った。すぐに、あるじの東五郎に事情を話し、

「案ずることはない。一味の者を店に入れるが、ここから奥にはやらん」

そう言って、源九郎は土間と板敷きの間を指差した。

「は、華町さま、お願いいたします」

東五郎が、こわ張った顔で頭を下げた。

あらかじめ、源九郎と栄造とで三崎屋に来て事情を伝えてあった。その際、町方も店で待ち伏せ、奉公人や店を守ることを条件に、一味を店内に入れて捕らえる策をとることにしてあったのである。

源九郎たちは、帳場の奥の寝泊まりしている座敷に入った。菅井は源九郎たちの姿を見ると、

「今夜か」

と、声をひそめて訊いた。

「そうだ」

「いよいよだな」

菅井が顔をひきしめて言った。

それから、暮れ六ツ（午後六時）の鐘が鳴り、三崎屋が戸締まりを終えてから、三太郎が姿を見せた。三太郎によると、まだ、聖天一味の五人は古着屋に入ったままだという。茂次は、店を見張っているとのことだった。

三太郎が店に来てから小半刻（三十分）ほどし、村上と栄造が十数人の捕方を連れて三崎屋に到着した。

村上は捕物出役装束ではなかった。黄八丈の小袖を着流し、黒羽織の裾を帯に挟む巻羽織と呼ばれる八丁堀ふうの格好だった。ふだん町を巡視している姿である。

捕方たちも、捕物装束ではなかった。岡っ引きと下っ引き、それに村上の小者や中間《ちゅうげん》などだが、いずれも町を歩いている格好である。ただ、六尺棒や龕灯《がんどう》を手にしている者がいた。夜中の捕物にそなえて持参したのだろう。

村上は聖天一味を捕らえることを奉行に上申せず、町の巡視の途中で聖天一味を見つけて捕らえたことにしたいようだ。上申して、与力の出役をあおぐと、ことが大袈裟《おおげさ》になり、聖天一味の耳にとどく恐れがあったからである。

「華町、聖天一味はまちがいなく、来るのか」

村上が念を押すように訊いた。

村上は、これまで何度も源九郎たちと協力して、盗賊やならず者などを捕らえてきたこともあって、源九郎や菅井には朋友のような口を訊いた。もっとも、表向きは、長屋の住人である源九郎たちの手を借りるような素振りは見せない。町奉行所の同心として、顔がたたないからであろう。

「来るとみている」

源九郎が、断定するように言った。

「よし、ここに網を張って、やつらが来るのを待とう。聖天一味を一網打尽にしてやる」

村上が意気込んで言った。

まず、村上は店の奉公人や家族を戸口から離れた奥の座敷に移動させた。捕物や斬り合いの巻き添えをくわないように配慮したのである。

それが済むと、捕方たちを店の戸口近くに配置した。土間や帳場のある板敷きの間の隅に待機させ、聖天一味が踏み込んできたら、取り囲んで捕らえるのである。

源九郎と菅井は、その場の指図を村上にまかせた。町奉行所同心である村上の顔を立てたのである。それに、源九郎と菅井は、それぞれ渋谷、石垣と立ち合う気でいたので、一味の他の者は初めから村上にまかせるつもりだったのだ。

なかなか聖天一味は姿を見せなかった。

そろそろ子《ね》ノ刻（午前零時）になろうかというときだった。三崎屋の表戸に走り寄る足音がし、くぐり戸がたたかれた。

そばにいた栄造がくぐり戸をあけると、茂次と岡七《おかしち》という男が、慌てた様子で入ってきた。岡七は、村上が使っている岡っ引きである。

「村上の旦那、来やす！　聖天一味が」

と、岡七が声を上げた。

茂次は土間の隅にいた源九郎たちに身を寄せ、

「聖天一味の五人が、古着屋を出やした」

と、小声で伝えた。

「来たか」

源九郎は菅井と目配せした。

七

ヒタヒタ、と三崎屋の大戸に近付いてくる足音がした。大戸の節穴から覗くと、黒装束の男が戸口に集まってくるのが見えた。

盗賊は五人だった。たっつけ袴に、二刀を帯びている男がふたりいた。渋谷と石垣であろう。

錠前破りを仲間にくわえることは諦め、五人だけで襲う気らしい。

五人の賊は、くぐり戸近くに身を寄せると、

「安、やれ」

と大柄な男が、声をひそめて言った。この男が、聖天一味の頭目、弥五郎である。

小太りの男が、へい、と応え、くぐり戸の前に出てきた。そして、戸の框付近を手で何か探るように撫《な》でると、革の包みから鑿《のみ》を取り出した。

ガッ、と音がし、鑿がくぐり戸を突き破った。つづいて、すぐ脇にもう一度鑿

が突きたてられ、ベキッという音とともに、くぐり戸の板の一部が剝ぎ取られた。

　そして、細長くあいた穴から手が差し込まれ、框に取り付けてあったさるを引き抜いた。

　鑿をふるったのは、安次郎である。安次郎は、くぐり戸のどこにさるが取り付けてあるか見極め、鑿で穴をあけてさるを引き抜いたのだ。大工だったので、くぐり戸のどこにさるが取り付けてあるか分かるのだろう。

「これで、あきやす」

　男の声が聞こえ、くぐり戸があいた。

「入るぞ」

　男のくぐもった声がし、あいたくぐり戸から次々に黒装束の男が侵入してきた。

　安次郎、茂助、大柄な頭目の弥五郎、それに長身の石垣、しんがりが痩身の渋谷だった。

　店のなかは、暗かった。

　五人の賊は土間のなかほどに集まり、店のなかの気配をうかがうように闇のなかに視線をまわしていた。五人の賊の目だけが、うすくひかっている。

そのときだった。

いきなり、龕灯の丸い灯《ひ》がふたつ、板敷きの間の両隅から、五人の賊にむけられた。捕方が用意した龕灯である。これまで、龕灯のひかりの射す方に黒布を垂らし、侵入した賊には見えないようにしてあったのだ。

黒装束の五人の姿が、闇のなかにくっきりと照らし出された。

御用！

御用だ！

土間の隅と板敷きの間から捕方たちの声がいっせいに起こり、十手、六尺棒などが五人の賊にむけられた。

「町方だ！」

「ちくしょう！　やっちまえ」

弥五郎のひき攣《つ》ったような声がひびいた。

龕灯に照らし出された五人のうち、弥五郎、茂助、安次郎の三人が、後ろ帯に挟んでいた長脇差を次々に抜きはなった。

「おのれ！　待ち伏せていたか」

長身の石垣も、抜刀した。その刀身が、龕灯に照らされて血塗《ちぬ》れたようにひかった。

これを見た菅井が、すばやく石垣の前にまわり込んだ。腰を居合腰に沈め、右手で柄《つか》を握っている。居合の抜刀体勢をとっていたのだ。

「石垣、おれが相手だ」

菅井が、石垣を見すえて言った。細い目がうすくひかり、獲物にむけられた蛇《くちなわ》のようだった。

一方、渋谷は刀の柄に右手を添えたまま、仲間の四人からすこしずつ後じさりし始めた。

渋谷の動きを見た源九郎は、すぐに渋谷の脇にまわり込んだ。

「渋谷、仲間を見捨てて逃げる気か！」

源九郎が、強い口調で言った。

「逃げはしないが、ここでは刀が自在に遣えないからな」

渋谷はさらに後じさり、あいたままになっているくぐり戸のそばまで来た。

そのとき、くぐり戸の近くにまわり込んでいた捕方のひとりが、

「神妙にしろ！」

と叫びざま、六尺棒を突き出した。

刹那《せつな》、渋谷が抜きはなった。

カッ、という音がした次の瞬間、六尺棒の先が一尺ほど斬り落とされて土間に落ちた。咄嗟《とっさ》に、渋谷が刀をふるったのだ。

捕方が驚いて身を引いた隙をついて、渋谷はくぐり戸から外へ出た。

「待て！」

源九郎も、すぐにくぐり戸から外へ飛びだした。

渋谷は逃げなかった。三崎屋の店先から五間ほど離れた路上に刀を提げて立っていた。頭上の月に照らされ、渋谷の姿が黒く浮き上がったように見えた。

「渋谷、逃げないのか」

源九郎が対峙《たいじ》して訊いた。

「逃げるのは、おぬしを斬ってからだ」

渋谷は脇構えにとると、刀身をゆっくりと上げた。そして、切っ先を右手にむけ、刀身をほぼ水平にとった。

横雲の構えである。

対する源九郎は、青眼に構えた後、刀身をすこし上げて、切っ先を渋谷の頭頂あたりにむけた。そのまま面へ打ち込むように斬り込んで、横雲の水平に払う初太刀をたたき落とし、二の太刀をふせごうとしたのである。

ふたりの間合はおよそ四間――。まだ、遠間《とおま》である。

渋谷が、ジリジリと間合をせばめてきた。隙のない構えで、腰も据わっている。月光を反射《はね》た刀身が青白くひかり、夜陰を切り裂くように迫ってくる。

対する源九郎は、動かなかった。気を静めて、渋谷との間合と斬撃の起こりを読んでいる。

間合がせばまるにつれ、渋谷の全身に気勢が満ち、斬撃の気配が高まってきた。

このとき、くぐり戸から茂次が、飛び出してきた。源九郎と渋谷の闘いがどうなったか気になって、見にきたようだ。

茂次は戸口の前に立つと、懐から匕首《あいくち》を取り出して身構えた。隙があれば、源九郎に加勢しようとしたのである。

## 八

店のなかでは、捕物がつづいていた。捕方が聖天一味三人を取り囲み、十手や六尺棒などをむけている。

「捕れ！」

村上が、声を上げた。

すると、六尺棒を持った捕方のひとりが、「神妙にしやがれ！」と叫びざま、弥五郎の側頭部に殴りかかった。

ごつッ、というにぶい音がひびき、弥五郎が身をのけ反らせて、呻《うめ》き声を上げた。すかさず、弥五郎の背後にいた別の捕方が踏み込んで、十手を弥五郎の盆の窪《くぼ》あたりにたたきつけた。

ギャッ！　という絶叫を上げ、弥五郎がよろめき、手にした長脇差を取り落とした。すると、別の捕方が弥五郎の着物の肩先をつかんで土間に引き倒した。

茂助と安次郎にも、いっせいに捕方が襲いかかった。龕灯に照らし出されたふたりに、周囲の闇のなかから次々に六尺棒や十手が振り下ろされた。男たちの姿が入り乱れ、怒号と悲鳴が飛び交っている。

安次郎はふたりの捕方に押さえこまれ、つづいて茂助が着物をつかまれて地面に引き倒された。

「縄をかけろ！」

村上が叫んだ。

すぐに捕方が、安次郎と茂助を取り囲み、ふたりの両腕を後ろにとって早縄をかけた。

このとき、菅井は板敷きの間で石垣と対峙していた。捕方たちから離れるために、菅井が石垣を板敷きの間にさそったのである。

ふたりの間合は、三間ほどだった。立ち合い間合としては近い。一歩踏み込めば、斬撃の間合である。店内は狭く、間合をひろくとることができなかったのだ。

石垣は青眼に構えていた。腰の据わった構えで、切っ先がピタリと菅井の目線につけられている。

菅井は、左手で刀の鯉口を切り、右手を刀の柄に添えていた。居合腰に沈め、抜刀体勢をとっている。

土間では、龕灯の丸い明かりが捕方と弥五郎たちを照らしだしていた。さきほどまで聞こえていた怒号や絶叫がやみ、捕方たちは弥五郎たち三人を取り囲むように立っていた。

捕方たちのなかには、石垣に六尺棒や十手をむける者もいたが、大きく間を取り、踏み込んでいく気配はなかった。菅井にまかせるというより、ふたりの気魄《きはく》に呑まれ、近付けなかったのである。

菅井と石垣は対峙し、睨み合ったまま動かなかった。石垣の青眼に構えた刀身が、龕灯の明かりを受けて、にぶい橙色《とうしょく》をおびてひかっている。

ときとともに、ふたりの全身に気勢がみなぎり、斬撃の気配が高まってきた。ふたりのはなつ剣気と緊張につつまれ、石垣の構えにいまにも斬り込んでいきそうな気配がみえていた。

潮合《しおあい》だった。

つッ、と石垣が右足を踏み込んだ。刹那、石垣の全身に斬撃の気がはしった。

イヤアッ！

裂帛《れっぱく》の気合とともに石垣の体が躍動した。

間髪を入れず、菅井が右手に踏み込みざま抜きつけた。

シャッ、という刀身の鞘走る音とともに、閃光《せんこう》がはしった。居合の神速の斬撃である。

石垣の切っ先が、菅井の肩先をかすめて空を切った瞬間、逆袈裟にはしった菅井の切っ先が石垣の首筋をとらえた。

菅井が抜刀の瞬間、右手に踏み込んだため、真っ向へ斬り込んだ石垣の斬撃は、菅井の肩先をかすめて流れたのだ。

一瞬一合の勝負だった。

石垣の首筋から、血が驟雨《しゅうう》のように飛び散った。

石垣は血を撒きながらよろめき、足がとまると、朽ち木でも倒れるように板敷きの間に転倒した。

石垣は板敷きの間につっ伏したまま動かなかった。四肢がかすかに痙攣《けいれん》しているだけである。悲鳴も呻き声も洩《も》らさなかった。首筋から流れ出た血が床板に落ち、赤い布でもひろげるように染めていく。

菅井は捕方のいる土間に目をやった。そのとき、板敷きの間の隅にいた孫六が、

「聖天一味は、捕らえやしたぜ」

と、昂った声で言った。

「華町は？」

「外で、渋谷とやり合ってるはずで――」

「まだ、勝負はつかないのか」

言いざま、菅井は血刀を引っ提げ、くぐり戸から外に飛び出した。

このとき、源九郎は渋谷と対峙していた。すでに、一合しており、源九郎の着物の左の肩先が裂けていた。横雲の二の太刀をあびたのである。ただ、肌に血の色はなかった。

一方、渋谷の切っ先は、源九郎の着物を裂いただけだった。

源九郎が、渋谷の初太刀をたたき落とした後、横に払った切っ先が、袖を裂いたのである。

渋谷は初太刀をたたき落とされたが、横雲の返しの二の太刀は迅《はや》く、源九郎の横に払った太刀とほぼ同時になったのだ。

初手の一合は、相討ちといっていい。

源九郎は切っ先を敵の頭あたりにむけた高い青眼に構え、渋谷は刀身をほぼ水平にした横雲の構えをとっていた。

ふたりの間合は、およそ四間――。

渋谷が摺り足で、源九郎との間合をつめ始めた。

そのとき、菅井がくぐり戸から飛び出してきて、源九郎の近くに走り寄った。

「手出し無用！」

源九郎が強い口調で言った。

源九郎の顔はひきしまり、双眸《そうぼう》が猛禽《もうきん》のようにひかっている。源九郎は、ひとりの剣客として渋谷との闘いに全身全霊をかたむけていたのだ。

渋谷は、菅井の闖入《ちんにゅう》で寄り身をとめたが、構えをくずさなかった。源九郎がひとりで立ち合うなら、このままつづけるつもりらしい。

だが、菅井につづいて、くぐり戸から孫六、三太郎、平太、それに栄造が数人の捕方とともに出てきた。捕方たちは、手に手に十手や六尺棒を持っている。

これを見た渋谷は、

「華町、勝負はあずけた」

と言いざま、すばやい動きで後じさって反転すると、抜き身を引っ提げたまま走りだした。

源九郎は、刀を下ろして大きくひとつ息を吐いただけで、逃げる渋谷を追おうとはしなかった。

「逃げるか！」

栄造と数人の捕方が、渋谷の後を追った。

だが、いっときすると栄造たちはもどってきた。渋谷の黒装束が闇に溶け、すぐに見失ったようだ。

「茂次、三太郎、ふたりでな、西平野町に行ってくれ」

源九郎が小声で言った。

「渋谷の塒ですかい」

「そうだ、渋谷が帰ったのを確かめるだけでいい。……気付かれるなよ」

「へい」

茂次と三太郎は、すぐにその場を離れた。

ふたりの姿が夜陰に呑まれるように消えていく――。

# 第六章　横　雲

## 一

腰高障子が、ほんのりと明らんでいた。部屋のなかには、まだ夜陰が残っていたが、戸口だけは白んでいる。

長屋のあちこちから、腰高障子をあけしめする音や赤子の泣き声などが聞こえてきた。まだ、明け六ツ（午前六時）前だが、朝の早い家は起きだしたようである。

源九郎と菅井は、はぐれ長屋に帰っていた。三崎屋で聖天一味とやり合った後、源九郎たちは後のことを村上と栄造にまかせ、先に引き上げたのだ。それというのも、茂次と三太郎が渋谷の後を追って西平野町にむかっており、渋谷の行き先がつきとめられれば長屋にもどるとみたからである。

孫六と平太は自分の家にもどったが、菅井は源九郎の家に立ち寄ったのだ。

「華町、めしはあるのか」

菅井が訊《き》いた。

「炊けばな」

「おれが、炊いてやろうか」

「いや、いい。それより、横になって、一眠りせんか」

源九郎も菅井も、昨夜は一睡もしていなかった。源九郎は頭がぼんやりしていたし、老体のせいもあるのか、体がひどく疲れている。短時間でもいいから、眠りたかった。

「そうだな、一眠りするか。……眠った後、ひと勝負する手もあるからな」

菅井が言った。

「一勝負とは、なんだ？」

「将棋だよ。久しくしてなかったからな」

菅井は、当然のような口振りで言った。

「……！」

いまは、将棋を指すような状況ではあるまい、と口から出かかったが、源九郎は渋い顔をしただけで、何も言わなかった。呆《あき》れ果てて、言う気も失《う》せたのである。

源九郎が、そのままの格好で畳に横たわると、

「おれも、ここで、眠らせてもらおうかな」

そう言って、菅井も自分の家のような顔をして横になった。

どのくらい眠ったのだろうか。源九郎は、腰高障子のあく音で目が覚めた。土間に茂次と三太郎が立っていた。

腰高障子が、朝日に白くかがやいていた。その陽差しの強さから、五ツ（午前八時）ごろだろうとみた。

菅井は畳に横臥《おうが》したまま寝息をたてている。

源九郎は、身を起こし、

「渋谷の行き先が、知れたか」

と、訊いた。茂次と三太郎は、渋谷の行き先を知らせるために立ち寄ったにちがいない。

「渋谷は、西平野町の塒《ねぐら》に帰《けえ》りやしたぜ」

茂次が言った。

「そうか」

「やつは、塒に帰《けえ》って、横になったようでさァ」

茂次と三太郎は渋谷の家の戸口に身を寄せて、なかの物音を聞いたという。すると、家のなかから男と女の声が聞こえたそうだ。女の声は、妾のおもんらしかった。とぎれとぎれに聞こえてきたふたりのやり取りによると、渋谷は残り物でもいいから、何か食わせるように女に話していたという。

「しばらく、三太郎とふたりで、家から洩《も》れてくる声を聞いてたんですがね。渋谷はめしを食い終えた後、横になったようでさァ」

茂次たちは、辺りが明るくなってきたこともあり、それ以上戸口近くにいることもできなくなってきたので、引き上げてきたという。

「華町の旦那、どうしやす。あっしらはこのまま西平野町にもどって、やつの塒を見張ってもかまいませんぜ」

茂次が言うと、三太郎は眠そうな目を擦りながら、「あっしも、平気でさァ」と言い添えた。

「いや、昼過ぎまで休んでくれ。わしも、まだ眠いからな。それに、渋谷も昼過ぎまで起きないだろう」

源九郎は、かたわらに眠っている菅井に目をやって言った。いつの間に持ち出したのか、部屋の隅に置いてあった古い座布団を折って枕代わりにしている。

「それじゃァ、ちょいと、家にもどりやす」

「あっしも――」

すぐに、三太郎が言った。

「お梅と、おせつが、心配しているだろう。早く帰って、顔を見せてやれ」

お梅は茂次の女房で、おせつは三太郎の女房である。ふた組の夫婦には、まだ子がなかったこともあり、新婚気分が残っているようだ。

「へい、それじゃァ」

茂次が照れたような顔をして言った。

茂次と三太郎が帰った後、源九郎は、ふたたび畳に横になった。

それから、どれほど経ったのか――。

源九郎が目を覚ましたのは、部屋のなかに立ち込めた煙のせいだった。煙は台所の竈《へっつい》からだった。

見ると、菅井が竈の前に屈んで、火吹き竹を使って火を燃やしている。

「菅井、おまえ、何をしてるのだ」

源九郎が身を起こして訊いた。

「見れば、分かるだろう。めしを炊いているのだ」

菅井が、目を擦りながら言った。

「めしを炊いてることは分かるが、ここはおれの家だぞ」

「いいではないか。……どうせ、ふたりで食うのだ。ここで、炊いた方が面倒がなくていい」

「そ、それは、そうだが」

「華町、おれの炊いためしはうまいぞ」

そう言って、菅井はニヤリと笑った。


めしを炊き終えると、ふたりは味噌を菜にし、水を飲みながらめしを食った。源九郎の家には、菜になるような物は何もなかったのである。それでも、炊き立てのめしはうまかった。菅井が自慢していたとおり、めしはふっくらとうまく炊けていた。菅井は毎日欠かさずめしを炊くので、こつを会得しているようだ。

陽が西の空にまわりかけたころ、源九郎と菅井は、はぐれ長屋を出た。渋谷を討つために、西平野町にむかったのである。茂次と三太郎は半刻（一時間）ほど前に、長屋を出ていた。先に行って、渋谷の住む借家を見張っているはずである。

源九郎は菅井に、「ひとりで行く」と言ったが、菅井は、「おれも、行く」と言ってきかなかったので同行したのである。

曇り空だったが、雲は薄く雲の切れ間から青空も見えた。雨の心配はなさそうである。

源九郎と菅井は、竪川にかかる二ツ目橋を渡り、そのまま南にむかった。その道は仙台堀にかかる海辺橋につき当たるが、橋のたもとを左手におれれば、渋谷の隠れ家のある西平野町である。

ふたりが西平野町に入ってしばらく歩くと、仙台堀の岸際に植えられた桜の樹陰から人影が出てきた。茂次である。樹陰には、三太郎もいた。ふたりで、渋谷の住む家を見張っていたらしい。

「そろそろ来るころかと思い、待ってやした」

茂次はそう言って、源九郎と菅井を樹陰に連れていった。

二

「あれが、渋谷の塒ですぜ」

茂次が、斜向《はす》かいにある借家ふうの小体《こてい》な家を指差した。戸口は通りに面していて、引き戸になっている。

「渋谷はいるのか」

源九郎が訊いた。

「おりやす」

茂次によると、小半刻（三十分）ほど前、通行人を装って戸口近くを通ったおり、家のなかから渋谷らしい男の声と女の声が聞こえたという。

「女は、おもんという妾だな」

「そうでさァ」

「家のなかで、斬り合うわけにはいかないな」

家は狭く、とても立ち合いなどできないだろう、と源九郎は思った。それに、女が騒ぎだすはずである。

そうかといって、仙台堀沿いの道には、ちらほら人影があった。道で斬り合えば、通りすがりの者だけでなく、近所の表店《おもてだな》の奉公人なども集まってくるだろう。

「裏手はどうだ」

長屋らしき家屋が見えたが、渋谷の住む家からはすこし離れている。長屋との間が、空き地になっているようだ。

「空き地ですがね、草だらけですぜ」

茂次によると、一度裏手にもまわってみたという。

「見てみるか」

まだ、夕日が西の空に残っていた。源九郎は、暮れ六ツ（午後六時）の鐘が鳴り、近所の店が表戸をしめてから立ち合うつもりだったので、まだ時間はあった。

源九郎は菅井を連れ、家にいる渋谷に気付かれないようにすこし離れた場所をたどって、家の裏手にまわった。

「足場は、それほど悪くないな」

地面は、びっしりと雑草に覆われていたが、それほど草丈はなく、足を取られるような蔓草《つるくさ》もない。

立ち合うなら、この場がいい、と源九郎は踏んだ。

「踏み込むとき、足をとられるかもしれんぞ」

菅井が言った。

「そうだな」

平地ではなく、地面がでこぼこしている場所があるので、踏み込むとき油断すると足をとられるかもしれない。

源九郎と菅井は、仙台堀沿いの道にもどった。それから、いっときすると、暮れ六ツの鐘が鳴り、通りのあちこちから表戸をしめる音が聞こえてきた。表店が鐘の音を聞いて、店仕舞いし始めたらしい。

通りを行き来するひとの姿も、すくなくなった。ときおり、居残りで仕事をしたらしい出職の職人や仕事帰りに一杯ひっかけたらしい船頭などが、通りかかるだけである。

「そろそろだな」

源九郎は樹陰から通りに出た。

菅井が後からついてきた。茂次と三太郎は、樹陰に残っている。

戸口の引き戸は、すぐにあいた。土間があり、その先が狭い板間になっていた。板間の奥に障子がたててあった。座敷になっているらしい。物音も話し声も聞こえなかったが、障子の向こうに、ひとのいる気配があった。渋谷は、戸口から入ってきた源九郎に気付いて、気配をうかがっているのだろう。

「渋谷兵十郎、いるか」

源九郎が声をかけた。

「華町か」

すぐに、渋谷の声が聞こえ、立ち上がる気配がした。「おまえさん、だれだい」と、女の細い声が聞こえた。おもんであろう。

ガラッ、と障子があいて、渋谷が顔をだした。左手に、大刀を引っ提げている。その背後に、座っている女の膝先が見えた。湯飲みが置いてある。ふたりで、茶を飲んでいたようだ。

「おぬしとの立ち合いが、残っているのでな」

源九郎が、静かな声で言った。

「ふたりで、おれを斬りに来たのか」

渋谷が菅井に目をやって訊くと、

「おれは、見張り役だよ。……おぬしが、尻尾《しっぽ》を巻いて逃げださないようにな」

菅井が細い目で、渋谷を見すえて言った。

「逃げる気なら、今朝のうちに江戸から出てるよ」

渋谷が薄笑いを浮かべて言った。

「ならば、表へ出ろ」

源九郎が言った。

「よかろう」

渋谷がさらに障子をあけて、座敷から出ようとすると、

「おまえさん、どこへ行くんだい」

と、おもんが心配そうな声で訊いた。

「どこへも行かぬ。……ここで、待っていろ。茶が冷めぬうちに、もどってくる」

渋谷はそう言い置き、板間に出てきた。

戸口から出ると、源九郎は先にたって裏手にまわった。渋谷は、無言のままついてくる。菅井は、渋谷の後ろにまわった。念のため、背後をかためたのである。

源九郎は空き地のなかほどに立つと、

「ここなら、よかろう」

　と言って、闘いの仕度を始めた。仕度といっても、袴の股だちをとり、用意した細紐で襷《たすき》をかけただけである。

　一方、渋谷は袴の股だちをとると、足場を確かめるように雑草のなかで爪先を動かしてみた。

　ふたりは、およそ四間半の間合をとって対峙《たいじ》した。

　辺りは、淡い夕闇につつまれていた。すこし風が出たらしく、雑草がサワサワと揺れている。

　ふたりは、すぐに抜刀しなかった。両手を脇に垂らしたまま、相対している。

「わしは、鏡新明智流を遣うが、おぬしの流は？」

　源九郎は、せめて相手の遣う流派だけでも訊いておこうと思ったのだ。

「流などない。あえて言えば、渋谷流だな」

　そう言って、渋谷は口許に薄笑いを浮かべた。

「横雲は、おぬしが工夫したものか」

「ひとを斬るうちに、身についたものだ」

「わしは、牢人だが、おぬしは？」

「おれも牢人だ」

渋谷がかいつまんで話したことによると、生まれたときから牢人の身で、子供のころに父親から剣術を習ったが、あとは街道筋を流れ歩き、土地の親分同士の喧嘩にかかわったり、廻国修行の武芸者などとの斬り合いのなかで剣術を身につけたという。

「そうか」

渋谷の剣は、真剣勝負のなかで磨いた技らしい。そのなかでも横雲は、人斬りのための必殺剣であろう。

「おぬしらふたりを始末したら、また旅にでも出るか」

言いざま、渋谷は刀を抜いた。ふたりとは、源九郎と菅井のことであろう。渋谷は源九郎を斃《たお》した後、菅井も斬るつもりらしい。

「わしが、冥土の旅に送りだしてやろう」

源九郎も抜刀した。

三

源九郎は青眼に構えると、刀身を上げて、切っ先を渋谷の頭頂よりさらに高くむけた。上からの斬撃を強くし、水平に払う渋谷の初太刀をより大きくたたき落とそうと思ったのである。そうすれば、横雲の二の太刀が、遅れるはずだ。対する渋谷は脇構えから刀身をゆっくりと上げ、切っ先を右手にむけて刀身を水平にとった。横雲の構えである。

ふたりは、対峙したまま動かなかった。

淡い夕闇のなかで、ふたりの刀身が銀色《しろがねいろ》にひかっていた。ふたりの足元の雑草が風にそよぎ、波のように揺れている。

「いくぞ！」

渋谷が爪先で雑草を分けながら、間合をつめ始めた。

源九郎は、まだ動かなかった。間合を見ながら、渋谷の斬撃の起こりをとらえようとしている。

ザッ、ザッ、と草を踏む音が聞こえ、渋谷の水平に構えた刀身が源九郎に迫ってくる。その刀身が、かすかに上下に揺れた。地面に起伏があるためである。

しだいに、渋谷の全身に気勢がみなぎり、斬撃の気配が高まってきた。

ふいに、渋谷が寄り身をとめ、右足を一尺ほど前に踏み出した。足裏で、地面の起伏を探ったらしい。

渋谷はさらに間合をつめ、半歩踏み込めば一足一刀の間境に入るところで動きをとめた。この間合から、仕掛けてくるらしい。

渋谷の全身に、斬撃の気が高まってきた。痺《しび》れるような剣気をはなっている。

ジリッ、と渋谷の右足が前に出た。刹那《せつな》、渋谷の全身に斬撃の気がはしり、体が膨れ上がったように見えた。

イヤアッ!

裂帛《れっぱく》の気合が夕闇を劈《つんざ》き、渋谷の体が躍った。

間髪をいれず、源九郎が、鋭い気合とともに斬り込んだ。

二筋の閃光《せんこう》が、横一文字と縦にはしった。

刹那、二筋の閃光が眼前で合致し、甲高い金属音とともに青火が散り、ふたりの刀身が上下に撥《は》ね返った。

渋谷の横一文字にふるった横雲の初太刀を、源九郎の斬撃が上からはじき落としたのである。

次の瞬間、ふたりはほぼ同時に二の太刀をふるった。

源九郎は刀を振り上げざま袈裟《けさ》に——。

渋谷は刀身を返し、逆袈裟に——。

ふたりの斬撃は、ふた筋の稲妻のように夕闇を鋭く切り裂いた。一方、源九郎の
渋谷の着物の左肩が裂け、あらわになった肩から血が噴いた。
左の二の腕からも血が流れ出ている。
ふたりは背後に跳び、大きく間合をとった。
すぐに、源九郎は青眼に構え、切っ先を高くむけた。渋谷はふたたび横雲の構
えをとった。
横にむけた渋谷の刀身が、小刻みに震えている。渋谷の左肩は深手だった。左
腕に力が入り過ぎて、刀身が震えているのだ。
一方、源九郎の構えには、すこしの乱れもなかった。左腕の出血もわずかであ
る。
源九郎の初太刀の斬撃が強く、渋谷の水平に払った刀身を強くはじいたため、
横雲の二の太刀が遅れたのだ。そのため、渋谷の二の太刀は源九郎の左腕を浅く
とらえただけで、空に流れたのである。
「まだだ！」
渋谷が、源九郎を睨むように見すえて叫んだ。
顔が赭黒《あかぐろ》く紅潮し、双眸《そうぼう》が炯々《けいけい》とひかっている。渋谷は、左肩を斬られたこと

で、異様に気が昂《たかぶ》っているようだ。

……渋谷に勝てる！

と、源九郎は踏んだ。

渋谷は、左肩の傷で左腕が自在に動かなくなっていた。それに激昂が平静さを奪い、体を硬くしている。

「まいる！」

源九郎が先に仕掛けた。

源九郎は、切っ先の高い青眼に構えたまま爪先で雑草を分けながら間合を狭め始めた。

渋谷は動かない。

切っ先を右手にむける横雲の構えをとったまま、わずかに腰を沈めている。源九郎が間合に入るのを待って、仕掛けるつもりらしい。

夕闇のなかに伸びた渋谷の刀身が小刻みに震えてにぶくひかり、銀色の光芒《こうぼう》のように見えた。

ズッ、ズッ、と、源九郎は爪先で地面を擦るようにして、間合をせばめていく。しだいに、一足一刀の間境にせまり、源九郎の全身に斬撃の気配が高まってきた。

源九郎は、斬撃の間境の一歩手前で寄り身をとめた。渋谷の気をさらに乱してから、仕掛けようとしたのである。

源九郎は全身に気魄《きはく》を込め、斬撃の気配を見せて渋谷を攻めた。気攻《きぜ》めである。

渋谷も気攻めを見せたが、気魄がなかった。肩の痛みと気の昂りで、気が乱れているからである。

渋谷は源九郎の気攻めに押され、上体を後ろにそらせて左足をわずかに引いた。

瞬間、腰が浮き、構えが乱れた。

源九郎はこの一瞬の隙をとらえ、つつッ、と前に出ながら、
イヤアッ！

と、突き刺すような鋭い気合を発した。

ビクッ、と渋谷の上体が揺れ、水平に構えた刀身が下がった。

源九郎は踏み込まずに、その場で刀身を振り上げて斬り落とそうとした。

間髪をいれず、渋谷が刀身を横に払った。横雲の初太刀である。

刹那、源九郎が斬り下ろした。稲妻のような斬撃である。

バサッ、と音がし、渋谷の右腕が刀ごと足元に落ちた。横に払うために、前に出た渋谷の右腕を源九郎の一撃が、骨ごと截断《せつだん》したのだ。

源九郎が踏み込まずに斬り込んだのは、あえて間合を遠くし、前に出る渋谷の右腕を斬り落とすためであった。

截断された渋谷の右腕から、筧《かけい》の水のように血が流れ落ちた。

ウウウッ……。

渋谷は低い呻《うめ》き声を上げ、左手で右腕の截断口を押さえながらよろめいた。

源九郎はすばやく渋谷の脇に身を寄せると、

「とどめを刺してくれる！」

と声を上げ、刀身を一閃させた。

ビュッ、と渋谷の首筋から血が噴いた。源九郎の切っ先が首を深くえぐり、血《ち》管《くだ》を斬ったのだ。

渋谷は血を驟雨《しゅうう》のように撒き散らしながらよろめいたが、草株に足をとられて俯《うつぶ》せに倒れた。

渋谷は叢《くさむら》につっ伏したまま、モソモソと四肢を動かしていたが、いっときすると動かなくなった。絶命したようである。

源九郎は横たわった渋谷の脇に来て、ひとつ大きく息を吐いた。いまになって心ノ臓が激しく鼓動し、息苦しくなった。

……歳じゃわい。

源九郎が、血刀を引っ提げたままつぶやいた。

そこへ、菅井が駆け寄ってきた。どういうわけか、菅井は興奮した面持ちで、細い目をつり上げている。源九郎と渋谷の激しい立ち合いを目の当たりにして、高揚したのかもしれない。

「華町、見事だ！」

菅井が、昂った声で言った。

「勝負は紙一重だったな」

源九郎は、横雲の太刀筋を知った上で臨んだので勝てたような気がした。大川端で、渋谷と切っ先を交えることなしにこの場で立ち合っていたら、叢に横たわっていたのは自分だったかもしれない、と源九郎は思った。

「華町の旦那ァ！」

茂次と三太郎が、駆け寄ってきた。

源九郎たち四人は、渋谷の死体を取り囲むように立った。空き地は濃い暮色につつまれ、雑草を揺らす風音だけがひびいている。

四

……そろそろ起きるか。

源九郎は身を起こすと、両手を突き上げて大きく伸びをした。

戸口の腰高障子に目をやると、白くかがやいていた。まだ、陽は障子を照らしていなかったが、だいぶ明るくなっている。六ツ半（午前七時）をだいぶ過ぎているようだ。

源九郎は立ち上がると、めくれ上がっている袴の裾を下ろし、たたいて皺《しわ》を伸ばした。昨夜、源九郎たちは久し振りで亀楽に集まって飲み、着替えるのが面倒なので、そのまま寝てしまったのだ。

源九郎は夜具をたたんで枕屏風の陰に押しやると、顔でも洗ってこようかと思い、土間に足をむけた。

そのとき、腰高障子の向こうで足音が聞こえた。下駄と草履の音である。ふたりらしい。

足音は腰高障子の向こうでとまり、

「華町の旦那、いますか」

と、お熊の声がした。

「お熊か、入ってくれ」

腰高障子があいて、土間に入ってきたのはお熊と猪八だった。猪八は照れたような顔をして、源九郎に頭を下げた。

お熊は飯櫃《めしびつ》をかかえ、嬉しそうな笑みを浮かべている。

「旦那、昨夜は亀楽に行ったんでしょう」

お熊が訊いた。

「ああ、久し振りでな。みんなで、一杯やったのだ」

聖天一味が町方の手で捕らえられ源九郎が渋谷を討ってから、十日過ぎていた。

その後の町方の吟味で、古着屋の久兵衛が、頭目の弥五郎であることがはっきりした。渋谷は賭場で茂助と知り合い、茂助をとおして聖天一味にくわわったらしい。また、渋谷は石垣が道場主だったころ、食客として道場に寝泊まりしていたことがあり、それが縁で、石垣は渋谷をとおして聖天一味とのかかわりができたようだ。

そして、一昨日、三崎屋のあるじの東五郎が大家の伝兵衛とふたりで、はぐれ長屋に姿を見せたのだ。

東五郎は、源九郎たちのお蔭で聖天一味の難を逃れた礼を口にした後、

「これは、お礼の気持ちです」

と言って、源九郎に百両を渡した。

昨夜、源九郎は、その百両をはぐれ長屋の仲間の六人で分けた。前と同じように、ひとり十五両ずつ均等に分け、残りの十両は今後の飲み代ということにした。

「飲んだ後は、めしを炊くのも億劫《おっくう》になるからね。すこし、余分に炊いて、握りめしにして持ってきたんだよ」

お熊は、飯櫃を上がり框《がまち》に置くと、蓋をとって見せた。

握りめしが三つ、それに煮染のはいった小鉢も入っていた。

「これは、ありがたい。これから、めしを炊こうかと思っていたところだ」

源九郎は、めしなど炊く気はなかったが、そう言っておいた。

「旦那には、いろいろ世話になったからねえ」

お熊が目を細めて言った。

「お熊、何かいいことがあったのか」

源九郎は、お熊の顔がいつもとちがうのに気付いた。ひどく嬉しそうである。

それに、猪八を連れてきたのは、何かわけがありそうだ。

「猪八といっしょに、旦那にお礼が言いたくて、連れてきたんですよ」

お熊が、猪八に目をやりながら言った。

すると、猪八が、

「明日から、また親方のところで、働くことになったんでさァ」

と、腰をかがめて言った。

「錺職《かざりしよく》の親方のところか」

「へい、親方がね、これまでのことは、水に流すから、また来て働いてくれないかって言ってくれたんでさァ」

猪八によると、昨日、ひとりで親方を訪ね、これまでのことを謝ったという。

すると、親方は、おめえの腕は、このまま腐らせるのは惜しい、と言って、また働くように勧めたそうだ。

「それは、よかった。……お熊、これで安心だな」

源九郎も、ほっとした。猪八のことは、ずっと気になっていたのである。

「これも、みんな旦那のお蔭だよ」

お熊が、涙ぐんで言った。

「そうだ、お熊に返さねばならぬ物がある」

「旦那、なんです？」

「これだ」

源九郎は、ふところの紙入れに挟んであった銀簪を取り出した。

「だ、旦那、これは、あたしが旦那に……」

お熊が戸惑うような顔をした。

「お熊、もう礼は十分もらってるよ。……こうやって、いつも握りめしやうまい菜をとどけてくれるではないか」

源九郎が、かたわらに置いてある飯櫃に目をやって言った。

「で、でも、旦那……」

お熊は困ったような顔をした。

「それにな。お熊や猪八に、礼を言わねばならないのは、わしらかもしれんのだ。……聖天一味をひとり残らず始末できたのは、猪八が洗いざらい話してくれたからだ」

源九郎がそう言うと、猪八は目を瞬かせながら、

「あ、あっしは……、旦那のお蔭で、盗人にならずにすんだんでさァ」

と、声をつまらせて言った。

「そうだ、これは猪八に返そう」

源九郎は、猪八の手に銀簪を握らせてやり、

「猪八から、お熊に渡してやれ。なにしろ、おまえたちふたりは、かけがえのない姉弟《きょうだい》だからな」

と、言い添えた。

猪八は銀簪を手にして、困惑したような顔をして土間につっ立っていたが、

「ね、姉《ねえ》ちゃん、もう、仕事をなまけたりしねえよ」

と、声を震わせて言い、お熊の手に銀簪を握らせた。まるで、餓鬼のような物言いだが、お熊の前だと、子供のころの猪八にもどるのかもしれない。

「い、猪八、おまえ……」

そう言った途端、お熊は銀簪を握りしめたまま、ウウウッ、と唸《うな》るような泣き声を洩《も》らした。

お熊は顔をくしゃくしゃにし、樽のような体を震わせて泣きつづけている。猪八は泣き声は洩らさなかったが、べそをかいた子供のような顔をしてつっ立っていた。

源九郎は土間につっ立っているお熊と猪八を見ながら、

……いい姉弟だ。

と思い、源九郎まで胸が熱くなった。

それから、いっときして、お熊と猪八は、あらためて源九郎に礼を言って、戸口から出ていった。

お熊と猪八の足音が遠ざかると、源九郎は飯櫃の蓋をとって覗き、さて、いただくかな、とつぶやいて、握りめしを手にした。

そのとき、また、戸口に近付いてくる足音が聞こえた。

……また、だれか来たようだ。今日は、忙しい日だな。

源九郎は手にした握りめしを飯櫃にもどして蓋をした。だれか分からないが、飯櫃をかかえて握りめしを頬ばっているところを見せるわけにはいかない。

下駄の足音だった。その足音に聞き覚えがあった。

……菅井ではないか。

源九郎は、いまごろ菅井が何の用だろう、と思った。今日は天気がいいので、両国広小路に居合抜きの見世物に行っているはずである。

下駄の音は、戸口でとまった。

「華町、いるか」

と、菅井が声をかけた。

「菅井か、入ってくれ」

源九郎は、飯櫃を膝先に置いたまま言った。菅井なら、飯櫃をかかえて握りめしを頬ばっていても、どうということはない。

菅井は腰高障子をあけて土間に入ってきた。いつものように、将棋盤と飯櫃を抱えている。

「どうしたのだ、菅井。今日はいい天気ではないか」

源九郎が驚いたような顔をして訊いた。

菅井が将棋盤や握りめしの入った飯櫃をかかえて源九郎の家にやってくるのは、雨の朝が多かった。雨になると、菅井は居合抜きの見世物ができないので、源九郎の家に将棋を指しにくるのである。

「天気はいいが、今日は華町と将棋を指そうと思ってな」

「どういう風の吹き回しだ？」

「華町、ここしばらく、おまえと将棋を指してないぞ。おまえが、指したくてうずうずしているのではないかと思ってな。今日は、見世物を休んで来てやったのだ」

菅井が当然のような顔をして言った。

「……！」

指したくて、うずうずしていたのは、おまえだろう、と口から出かかったが、押さえた。休んでしまったものは仕方がない。それに、源九郎もそうだが、菅井も三崎屋からの礼金が入ったので、しばらく金の心配はしなくて済むのだ。

「華町、その飯櫃はなんだ？」

菅井は土間に下駄を脱ぎ、勝手に座敷に上がりながら訊いた。

「見てみろ」

源九郎は、飯櫃の蓋をとって、なかを見せてやった。

「握りめしではないか。おまえ、まさか、めしを炊いたわけではあるまいな」

菅井が、座敷につっ立ったまま訊いた。

「お熊がな、めしを余分に炊いたからと言って、持ってきてくれたのだ」

猪八のことは、口にしなかった。話すと長くなるからである。

「そうか、めしはあるのか。……おれも、握りめしを持ってきたのだ」

菅井は、源九郎の脇に持参した飯櫃を置くと、蓋をとって見せた。いつものように握りめしが四つ、それに小皿にはうすく切ったたくあんが添えてある。

「せっかくだが、こんなには食えんな」

源九郎が言った。

菅井は座敷にどかりと腰を下ろすと、膝先に将棋盤を置き、

「華町、楽しみだな」

と言って、ニンマリした。

「何が楽しみなのだ」

「朝めしだけでなく、昼めしの分もあるではないか。これで、陽が沈むまで、めしの心配をせずに、じっくりと将棋が指せる」

「なに……」

源九郎は、次の言葉が出なかった。

「さァ、やるぞ」

菅井が袖をたくし上げて、駒を並べ始めた。

双葉文庫

と-12-37

はぐれ長屋《ながや》の用心棒《ようじんぼう》

銀簪《ぎんかんざし》の絆《きずな》

2013年8月11日　第1刷発行

【著者】

鳥羽亮《とばりょう》





【発行者】

赤坂了生

【発行所】

株式会社双葉社

〒162-8540 東京都新宿区東五軒町3番28号

［電話］03-5261-4818(営業)　03-5261-4833(編集)

www.futabasha.co.jp

（双葉社の書籍・コミックが買えます）

【印刷所】

慶昌堂印刷株式会社

【製本所】

株式会社若林製本工場

---

【表紙・扉絵】南伸坊

【フォーマット・デザイン】日下潤一

【フォーマットデジタル印字】飯塚隆士





ISBN978-4-575-66624-3 C0193

Printed in Japan